Monika Detering

Witwenlust auf Spiekeroog

LEDA

Alle Charaktere und Ereignisse in diesem Roman sind Fantasie der Autorin und reine Fiktion.
Jede Ähnlichkeit mit lebenden oder toten Personen, mit tatsächlichen Ereignissen oder Institutionen wäre rein zufällig.

Monika Detering
Witwenlust auf Spiekeroog
Inselkrimi

1. Auflage 2013
ISBN 978-3-86412-015-2

Leda-Verlag, Rathausstraße 23, D-26789 Leer
info@leda-verlag.de
www.leda-verlag.de

Lektorat: Maeve Carels
Titelillustration: Carsten Tiemeßen
Printed in Denmark by Nørhaven

MONIKA DETERING

WITWENLUST AUF SPIEKEROOG

INSELKRIMI

LEDA

»Nein.« Mia schüttelte den Kopf. Jetzt hatte sie keine Lust mehr darauf. Bestimmt nicht im Herbst. Und überhaupt – in ihrem Alter? Sie trat einen Schritt zurück, wurde von hinten angerempelt, und schimpfte: »Nicht schon wieder. Passen Sie doch auf!«

»Warum?«, sagte eine dunkle Männerstimme. Die Frauen drehten sich um. Hinter ihnen standen nur erwartungsvolle Urlauber, die auf die Fähre wollten.

Der Abschied von Bielefeld war eine Freude für Mia Lehmann gewesen, auch wenn sie nur wenige Tage auf der Insel bleiben würde. Sie glaubte, an der Nordsee dem Tod entkommen zu können. In der letzten Zeit waren einige ihrer Freunde gestorben. Eigensinnig pflegte sie deshalb die eher kindliche Vorstellung: ›Vielleicht findet der mich im Norden nicht‹.

Sie glaubte daran und ihr Glaube galt.

Der Wind zerrte an der krisseligen Pudelfrisur, dic so gar nicht zu ihren sommerblauen Augen und dem Lachen darin passte. Mia hob das Gesicht und registrierte: »Kühl wird's. Sicher auch auf der Insel. Ich friere schon jetzt.«

»Die Südsee isses nun mal nicht«, sagte Katinka Koselowsky, die Möwen beim Krumenklau beobachtete. Mit kalten eisblauen Blicken beäugten sie die Frau. Katinkas Stimme klang rau und hörte sich angenehm bissig an.

»Ist egal. Was brauch ich die Südsee? Ist eh zu weit …« Sie räusperte sich und sang: »Oooooooooooh. Laaaalaaaah …«

»Hör auf damit«, sagte Katinka. »Und erschreck die

Leute nicht. Unsere Tonübungen können wir heute Abend noch machen.«

Mia setzte ihr Leck-mich-am-Allerwertesten-Gesicht auf. Zwischen den hellen Brauen zeigte sich eine tiefe Steilfalte, wie immer, wenn sie kurz davor war, tief beleidigt zu sein. Und sie war kurz davor. Sie drehte sich weg, stieß mit dem Ellenbogen gegen ihre Freundin Lili, die mit sehnsüchtigen Blicken auf Schiffe und Boote schaute. »Die Fähre ist da.«

Lili schulterte ihren Rucksack und lächelte entrückt. Mia zerrte erneut an ihrem Reißverschluss und fluchte.

Katinka hielt die Hand vor den Mund. Nicht, dass der Wind an meine so verflixt kälteempfindlichen Zahnhälse kommt. »Hast du dir die Nummer von unserem Container gemerkt?«, fragte sie Lili. »Ich hab sie schon wieder vergessen.«

»Ganz einfach. Die zweiundvierzig!«

»Zweiundvierzig. Klar. Wusst ich's doch. Kommt, nachher kriegen wir keinen Platz mehr«, sagte Katinka. »Lili, träum nicht die Gegend weg. Gleich legt die Fähre ab und heute geht keine weitere mehr!« Mia und Katinka eilten mit neuen winddichten Anoraks, die nach Nordseeurlaub aussahen, auf die *Spiekeroog I* zu.

Zögernd kam Lili Stern hinterher. Urlauber schoben sich an ihr vorbei. Ständig drehte sie sich um. Sie hatte das Gefühl, beobachtet zu werden. Als klebten Blicke an ihrem Gesicht, am Körper und auch im Rücken. Sie übersah, dass die Mitreisenden sie eher amüsiert anschauten.

Sie drehte sich auch um, weil sie eine Hafennärrin

war. Und den von Neuharlingersiel liebte sie besonders. Dann erst ging sie weiter und winkte Mia und Katinka zu, die schon auf dem Oberdeck standen. Sie riefen ihr etwas zu und das dröhnende Tuten der Fähre zerrupfte die Worte. Andere aber hatten es gehört, lächelten und schauten Lili an. Eine Frau blieb vor ihr stehen. »Da – Ihre Nase!«, sagte sie und lachte.

»Die mal wieder? Oha. Vielen Dank für den Hinweis.«

Über der Toilette hing ein Spiegel. Lilis rote Nase hatte sich verschoben, ihre runde Clownsnase, die eigentlich fest über ihrer eigenen sitzen sollte. Aber der Wind! Bei dem Wetter hielt sie einfach nicht. Lili nahm sie ab, und zupfte anschließend die Fransen ihrer kurzen rostroten Haare ins Gesicht.

Sie verließ das enge, nach Urin und Reinigungsmitteln riechende Kabinett, ging zur Treppe und auf dem Weg zum Oberdeck entdeckte sie das Plakat. Ihr gemeinsames Plakat. *Die Comedians* Witwenlust *mit ihrem neuen Programm: ›Webfehler – ein Badeanzug packt aus‹ gastieren auf Spiekeroog. Samstag, 17. 09., Mittwoch, 21. 09. und Sonntag, 25.09. im Inselkino, Noorderpad 25, um 19 Uhr.* Lächelnd betrachtete sie das Gruppenfoto – Mia, Katinka, Lili. Sie konnte sich nicht davon lösen und lief erst Minuten später nach oben.

Auf dem Oberdeck schien die Oktobersonne auf Lili, auf ihre Haare, die in diesem Licht wie ein Regenbogen leuchteten. Das Rot vertiefte sich, es kamen hellere und braune Strähnen zum Vorschein und manche wirkten grün und orange. Ihr Lächeln wurde breiter und jetzt glühte Lili Stern wie ein Feuer, das im nächsten Moment wieder verglühte. Schatten fielen über sie her, mit einem Mal stand sie im Dunkeln. Als sie weiterging, war der Spuk vorbei. Wahrscheinlich hatte es niemand gesehen, dieses Glühen der zierlichen Lili, die bis eben mit ihrer Clownsnase die Fahrgäste amüsiert hatte.

»Du brauchst aber immer …«, wurde sie von Mia empfangen. »Hab das Plakat eben gesehen. Es macht sich gut. Hoffentlich haben sie auf der Insel reichlich davon ausgehängt. Sonst kommt keiner.«

»Die Kurverwaltung hat's versprochen«, sagte Katinka, die sich eine dunkelblaue Rollmütze, vor der Abfahrt erworben, tief über die Ohren zog. Lili hatte direkt nach ihrer gemeinsamen Ankunft in Neuharlingersiel nach Katinkas abgeliebter Mütze gegriffen und sie in den nächsten Abfalleimer geworfen.

Ihr Lachen klang nach jungen Frauen. Dabei waren Mia und Katinka längst in Jahrgängen gefangen, in denen es klebrig-betulich hieß: ›Wir in unserem Alter …‹ – Worte, die sie grässlich und überflüssig fanden, Worte, die sie in ihrem Comedy-Programm rachsüchtig angriffen.

Nur Lili, die war jünger.

***

Durch den Lautsprecher ertönte die Stimme des Kapitäns mit norddeutschem Zungenschlag. Begrüßung der Gäste, Informationen für Tagesgäste und dass die Überfahrt ungefähr fünfundvierzig Minuten dauere.

Das Meer war ruhig. Mia und Katinka standen an der Reling und Lili schaute auf das grauweiße wirbelnde schäumende Wasser, mit dem die Schiffsschraube spielte. Unter dem Geländer hingen Rettungsringe.

Der Himmel wurde blasser. Die Fähre näherte sich Spiekeroog, Insel mit unversehrter Welt und stiller Schönheit.

***

Der Mann stand auf der Steuerbordseite. Er zog sich die Kapuze der schwarzen Windjacke tiefer ins Gesicht.

***

Die Fähre wurde langsamer. Motoren gedrosselt. Ein Fischerboot lief aus. Die ersten roten Dächer wurden sichtbar und der Hafen kam näher.

Der Mann verließ als Letzter das Schiff. Vor ihm ging Lili. So nah, dass er sie hätte berühren können. Soll ich? Jetzt? Aber er widerstand dem Drang. Alles zu seiner Zeit. Zwischen sie und ihre Freundinnen schob sich eine Frau mit einem Kinderwagen.

Der Mann trug weder eine Tasche noch einen Rucksack noch wartete er auf die Container. Schatten legten sich über den Spiekerooger Hafen. Vögel zogen weite Kreise.

Die drei Frauen verabredeten mit dem Gepäckbeförderungsdienst, dass ihre Koffer direkt in ihre Quartiere gebracht werden sollte. Sie schlenderten ins Dorf, über den Norderloog, blieben vor dem Kino stehen, freuten sich über ihre Programmankündigung, gingen weiter und kamen an der alten Inselkirche und dem Rosengarten vorbei. Astern blühten in satten Rottönen.

»Ich will zuerst zum Strand, kommt ihr mit?«, fragte Lili.

»Ich muss erst auspacken«, sagte Mia und seufzte. »Vielleicht lege ich mich danach ein halbes Stündchen hin, ist ja alles anstrengend, wir sind heute sehr früh aufgebrochen und ich bin auch nicht mehr die Jüngste. Mädels, das merkt man. Im Rücken, in den Füßen, eigentlich überhaupt.«

Katinka zögerte. »Eigentlich möchte ich …«, und sagte nicht, was sie wollte, entschied sich binnen einer Minute: »Erst muss ich meine Ferienwohnung sehen – auch wenn ich in dieser Nacht im Hotel bin, weil die Wohnung ja erst morgen frei wird. Wo und wann gehen wir essen?«

»Halb sieben in der *Linde*«, erklärte Mia entschlossen. »Ich hole dich ab. Lili weiß ja, wo das Restaurant ist. Außerdem sind wir eben daran vorbeigekommen.«

***

Lili ging den einen Kilometer zum Strand, kam an Strandgräsern und windgepeitschten Büschen vorbei. Sie sah das Meer, auf das sie sich so gefreut hatte, lief durch den Sand, drehte sich, tanzte und lachte und rannte zum Wasser, nickte Urlaubern zu, die Muscheln aufhoben.

Der Mann war hinter ihr. Er hatte die Kapuze auf und trug inzwischen eine Sonnenbrille. Er konnte vieles nicht vertragen, und dazu gehörte auch ein zu frühes

Entdecktwerden. Er war dicht hinter ihr, er glaubte, ihre Wärme zu spüren, ihren Duft zu riechen. Er ging mit leichten Schritten, bückte sich zwischendurch, nach Muscheln oder Steinen. Er war wie viele hier ein Urlauber, ein Spaziergänger, warum sollte sich Lili gerade jetzt umdrehen … Und oft war es ja so, dass man einen Menschen, den man nur in einer bestimmen Umgebung gesehen hatte, woanders nicht wiedererkannte.

Lili schaute auf ihre Armbanduhr, machte eine Kehrtwendung und lief durch den Sand auf den Weg zurück ins Dorf. Fast hätte sie vergessen, dass sie gegen fünf mit ihrer Vermieterin verabredet war. Zwischendurch hielt sie an, schaute sich um, sah Gäste mit gelb gestrichenen Bollerwagen. Darin saßen Kinder. Ein friedliches Bild.

Lili fühlte sich leichter als noch vor ein paar Stunden. Wind, Sand und Meer waren die passende Mixtur zum Erholen. Zwischen den Proben und Auftritten war genügend Zeit dafür. Mitten in diese Erleichterung quäkte ihre innere Meckerstimme: Nimm dir Zeit, dich endlich einmal der Vergangenheit zu stellen.

»Halt die Klappe«, schimpfte sie und lachte. »Sonst hol ich das Hackebeilchen … Ach ja. Das wäre was.« Was konnte ihr schon eine innere Stimme … »Ruhe da drinnen!«

Welch ein Glück und Zufall, vor gut einem Jahr Mia und Katinka kennengelernt zu haben. Als Trio passten sie hervorragend zusammen, ergänzten sich in ihren Eigenarten und die Texte für ihr Programm waren sehr viel authentischer geworden. Die letzten Besprechungen in den Zeitungen hatten die verschärfte Bissigkeit wohlwollend hervorgehoben. Das Leben war wieder freundlicher zu ihr.

»Wurde auch Zeit!«, sagte sie.

Spiekeroog

September 2011

2.

Spät war es geworden. Zum Proben waren die Frauen nicht mehr gekommen. Zu gut war das Essen in der *Linde* gewesen. Viel zu gut. Im Sitzen kniff der Metallknopf von Mias Jeans gegen den Bauchnabel, überhaupt wölbte sich der Bauch fies darüber und machte sich fast unanständig breit. Mia zog erbittert ihren blau-weiß gestreiften Pullover weiter, damit niemand ihre Röllchen sah.

Aber die Muscheln waren einfach köstlich gewesen. Selbst Katinka hatte davon genommen, die sich sonst immer bei solchen Gerichten nah an einer Fleischvergiftung wähnte. Lili hatte das Meeräschenfilet auf Kürbisrisotto genossen.

Ihre Ankunft in dem über hundertfünfzig Jahre alten Gasthaus und Hotel zu feiern, war genau das Richtige gewesen. Sogar den Inselpolizisten hatten sie zwei Tische weiter beäugen können, samt seiner kleinen Tochter, die noch im Kinderwagen lag. Um den Mann standen einige Leute herum und unterhielten sich laut. Die drei erfuhren so seinen Namen und seinen Dienstgrad. Kommissar Nathan Töwer. Er wurde nach seiner Freundin gefragt und er sagte, dass sie mit einer Grippe im Bett läge. Damit sich die Kleine nicht anstecke, sei Töchterchen Nele für ein paar Tage bei ihm. Er wurde auch gefragt, wie es ihm inzwischen selber ging.

In der Stadt sah man einen Kripobeamten mit Baby und Kinderwagen eher selten. Aber hier wirkten beide gemütlich.

Müde verließen die Freundinnen die *Linde* und nickten im Hinausgehen Nathan Töwer und dem Kinderwagen zu.

***

»Brauchen die Insulaner sogar einen Kommissar?«, fragte Mia, als sie längst schon allein in ihrer Ferienwohnung war. »Geklaute Fahrräder kann doch ein Dorfpolizist wiederfinden. Hier passiert doch nichts. Nicht auf Spiekeroog. Höchstens mal eine Schlägerei. Müssen die sich mit einem Kommissar schmücken? Womöglich sind die noch zu zweit – meine Güte, hier herrschen doch paradiesische Zustände. Keine Gewaltverbrechen, keine Jugendkriminalität. Wozu überhaupt eine Polizeistation? Damit dieser Herr Töwer seine Tochter bespielen kann, wenn die Mutter ausfällt? Etwa aus Steuergeldern?« Diese Fragen interessierten Mia wirklich. Denn ihr verstorbener Mann, der Roderich, war einmal Hauptkommissar gewesen. So lange, bis ihn ein tödlich verlaufender Herzinfarkt bei einem Einsatz überrascht hatte.

Sie schlug das Bett auf. Setzte sich auf die Matratze, wippte, stellte sich darauf, wippte weiter – wie ein ausgelassenes Kind, sprang runter und kickte zerknülltes

Papier durch das Zimmer. Mia lachte. Roderich hätte bei so etwas einen seiner mühsam unterdrückten Wutanfälle bekommen, hätte sie mit zusammengekniffenen Lippen zurechtgewiesen. Keiner ihrer Freunde und Bekannten, niemand aus der übrigen Familie ahnte, dass sie sich nach Roderichs Tod wie erlöst gefühlt hatte. Wie sollten sie auch, denn Mia wurde sehr krank. Aber inzwischen ließ sie zu Hause, in ihrer Wohnung, die Zeitungen herumliegen und konnte es immer noch nicht ausstehen, wenn sie woanders Kante auf Kante gestapelt lagen.

***

In zwei Tagen ist unser erster Auftritt, dachte Mia. Wir müssen proben! Aber zusammen. Alleine übe ich um diese Uhrzeit auch nicht mehr. Sie zog sich aus, legte ihre Kleider auf eine Kommode und schlüpfte in den Schlafanzug, den sie längst bereitgelegt hatte. »Mist. Da fehlen ja immer noch die Knöpfe«, schimpfte sie. »Gibt keinen, der sie mir annäht. Wie schade.« Von der Tür her kam ein grässlicher Luftzug. Mia fröstelte. Schloss die Augen, öffnete sie wieder, überlegte, ging ins Bad und nahm zwei Handtücher, die sie vor die Türkante legte. Gähnend griff sie nach einem Krimi, der neben ein paar zerfledderten Utta-Danella-Schätzchen auf dem Regal über der Kommode lag. Sie blätterte, las ein paar Seiten quer, legte den dünnen Band zur Seite und startete ihr Notebook. Vor ein Uhr brauchte sie sowieso nicht ins Bett zu gehen. Es sei denn, es nervte sie heute nicht, wie immer nach einer Stunde aufzuwachen, nervös herumzulaufen, aufs Klo zu gehen und dann nach etwas Essbarem zu suchen. Nachts steckte sie sich Dinge in den Mund, die sie tagsüber nicht mal mit der Kneifzange anfassen, geschweige denn essen würde. Als wäre sie in der Nacht ein völlig anderer Mensch.

In dieser Ferienwohnung, die *Strandeck* hieß, hatte ihr die Vermieterin zwei Flaschen Wasser, ein paar Äpfel und mehrere Fruchtjoghurts hingestellt. »Ess ich doch jetzt, dann brauche ich nachher nicht wieder aufzustehen«, sagte sie, und schimpfte anschließend: »Bah. Ist das aber süß.« Den restlichen Joghurt entsorgte sie sofort im Mülleimer.

Die Wohnung lag in einer Seitenstraße. Sicher, sie war groß genug für zwei. Aber darin waren die Freundinnen sich vor der Abreise einig gewesen: Jede von ihnen brauchte Platz für sich allein. Tagsüber würden sie etwas unternehmen, außerdem mussten sie zusammen proben. Das reichte an Gemeinsamkeit.

Schon seit Wochen dachte Mia über eine Eigentumswohnung nach. Sie wollte wegziehen, ihrem Leben eine andere Richtung geben, sie wollte am liebsten an der Nordsee, vielleicht auf Spiekeroog wohnen. Neuharlingersiel oder Esens würden auch in Frage kommen. So etwas wie diese Ferienwohnung könnte ihr gefallen. Erdgeschoss, Terrasse. Fünfzig Quadratmeter. Die reichten aus. Und da Katinka einen ähnlichen Wunsch hegte, schaute Mia im Internet auf der Spiekeroog-Website nach.

»Dacht ich's mir. So einfach ist es doch nicht. Nur eine Wohnung im Angebot? Was soll ich mit 123 Quadratmetern?«, murmelte sie, während sie das Angebot studierte. »Haben die sonst nichts zu verkaufen oder wollen die keine Fremden?«

Das Handy brummte und tanzte über den Tisch.

Katinka. »Bist du noch wach?«

»Sonst wäre ich ja nicht dran. Was ist denn?«

»Grrrr ...«

»Wie bitte? Sprich deutlicher«, sagte Mia.

»Du glaubst es nicht. Ich muss doch die erste Nacht im Hotel verbringen ... Stiefele ich in den zweiten Stock mit vielen steilen Stufen und schließe das Zimmer auf. Da geht nur ein dürftiges Licht an, und ich muss mein Gepäck zwei Stufen hochhieven. Beim Betreten des sinnigerweise im Dunkeln liegenden Zimmers fliege ich dann mit dem ganzen Kladderadatsch zwei Stufen wieder runter. Ich nach Voltaren gesucht, meine Kniescheibe damit eingeschmiert, und dann wollte ich endlich ins Internet. Aber! Ich musste das W-lan-Kabel, das natürlich zu kurz war, irgendwie zwischen Schreibtisch und einem gesäßunfreundlichem Sesselchen installieren. Dazu musste ich das Haustelefon ins Bett legen. Ich hab das Notebook dann schräg auf ein Vitrinchen gestellt, um es starten zu können. Das war aber saumäßig schwierig ...«, beendete Katinka ihre Ausführungen.

»Echt?«, kicherte Mia, »stimmt das? Oder hast du dir die Geschichte ausgedacht, um mich anrufen zu können? Zutrauen würde ich's dir.«

»Quatsch. Hör auf, mich zu ärgern, ich hab eine Mordslaune. Hör mir jetzt zu, sonst bringe ich noch jemanden um – auf dem wackeligen Vitrinchen zu arbeiten, ist verflixt schwierig, weil das Himmelbett einen Schnörkel am Kopfende hat, so dass ich nur nach entsprechender Umräumaktion mit gespreizten Beinen schräg auf dem Bett sitzend schreiben kann. Hör mal, du lachst jetzt aber nicht, Mia! Und – was lese ich als erste Mail? Warte mal, hier: *Wir möchten Ihnen mitteilen, dass Ihr Konto wurde begrenzt, weil jemand anderes hat sie zugegriffen wurde.* Jetzt habe ich den Mist geöffnet, weil als Absender *Sparkase* stand. Das fehlende zweite ›s‹ habe ich später erst gesehen. Und diesen Mist schickt mir irgendeine afrikanische Connection und ich habe ganz sicher dabei einen Trojaner geladen … Bin ich stinkig. Bah. Für so eine blöde Mail die ganze Aktion. Jetzt habe ich auch keine Lust mehr, nach unseren ergänzten Texten zu suchen. Aber was ich dir noch sagen wollte …«

»Hör auf.« Mia war genervt.

»Gleich. Stell dir vor, ich habe hier einen Prospekt gefunden.«

»Ja – und? So was liegt doch für jeden Gast aus.«

»Das ist kein Inselprospekt. Der ist von einer Immobilienfirma in Neuharlingersiel. Die bieten kleine Eigentumswohnungen an – sogar auf Spiekeroog. Die wollen bauen und zusätzlich eine Immobilie zu Eigentumswohnungen umfriemeln. Alle Wohnungen werden mit separaten Eingängen und Terrassen ausgestattet. Das wäre doch das genau Richtige für uns.«

»Wer ist denn der Investor?«, fragte Mia.

»Augenblick. Nee. Finde ich auf die Schnelle jetzt

nicht. Die Firma nennt sich *Immobilienglück* und sitzt in Neuharlingersiel.«

»Was soll so eine kleinere Wohnung denn kosten? Haben die keine Preise angegeben?«, fragte Mia.

»Hier steht: Die Preise für die einzelnen Objekte werden Interessenten auf Anfrage mitgeteilt. Du, es gibt sogar einen besonders günstigen Preis, wenn man bis zum 31. Oktober kauft«, sagte Katinka.

»Was solche Hugos günstig nennen! Ende Oktober? Wäre ja bald. Da müssten wir uns aber schnell entscheiden. Ich kenne mich nicht damit aus. Vielleicht macht man das über einen Vorverkauf oder so etwas Ähnliches? Außerdem will ich erst alles sehen, Grundriss, Exposé lesen und das Grundstück sehen.«

»Mia«, sagte Katinka, »wir rufen da an. Hast du denn ein Wohnungsangebot im Internet gefunden?«

»Nicht wirklich. Kannste knicken.«

»Lass uns morgen erst mal den Prospekt anschauen. Kostet ja nix. Telefonnummer ist angegeben.« Katinka gähnte geräuschvoll.

»Ist ja wohl das mindeste. Wir können aber auch auf der Insel nach einer Wohnung fragen. So manche wird unter der Hand verkauft. Weißt du doch: Makler oder Auberginen – die kosten nur.«

»Wieso kommst du jetzt auf Auberginen?«, fragte Katinka. »Denkst du etwa an diesen Hugo aus Bielefeld, der dir ständig was von seinen Riesenauberginen vorgefaselt hat und sie dir vorbeibringen wollte? Ach Mia … Wenn dich heute deine ehemaligen Pflegerinnen so entschlossen und bestimmt hören und sehen würden …«

»Ich bitte dich! Ich habe zu jener Zeit genau so gesprochen, wie ich es heute tue«, sagte Mia.

»Damals warst du anders. Ist ja klar – so ein Aufenthalt im Pflegeheim macht was mit dir. Du hast so gut wie gar nicht mehr gesprochen … Wie oft habe ich dir die Haare gewaschen und deine Tochter, wenn auch ungern, deine Finger- und Fußnägel geschnitten. Ich verstehe immer noch nicht, dass es keinen anderen Platz für dich gab als diese Station, mit den vor sich hindämmernden Leuten, und diesen traurigen, ständig umherirrenden Frauen. Aber – du hast es gepackt. Was bin ich froh, dass du dort ausgezogen bist! Seitdem bist du vital, du wirkst fast wie früher und siehst um Jahre jünger aus. Wie fünfzig.«

»Katinka … Ich bekam meine Seelenfinsternis, dazu einen leichten Schlaganfall, nachdem der Roderich … So einen plötzlichen Tod steckt man nicht so eben weg. Jedenfalls war es eine schlimme Zeit. Ich war – zumindest fühlte ich mich unendlich hilflos.«

»Ja, und dein Töchterchen Sophie wollte dich unbedingt im Pflegeheim lassen. Hast du nicht auch noch diesen Gestank nach Desinfektionsmitteln in der Nase, nach Pipi, dieses dumpf Schwere nach Sterben, überdeckt mit Waldluft-Sprays, riechst du das auch noch, wenn du daran denkst? Erinnerst du dich, wie oft du ein Gespräch gebraucht hättest? Aber die Pflegekräfte hatten keine Zeit. Es gab ja viel schwerere Fälle. Wenn du traurig warst, hast du von deiner Tochter erzählt, aus jener Zeit, als sie noch klein war, sie dich geliebt hat, und du hast dir diese Jahre zurückgewünscht … In der

Zeit hast du dich oft an deine Jugend erinnert, an deinen ersten Sex, deine erste Liebe, an dein Baby, an duftende Kinderhaut … Du warst in diesen Bildern gefangen und es schien, als kämest du daraus nicht mehr zurück. Und dann änderten sich allmählich deine Gefühle, du warst wieder in der Gegenwart. Was habe ich dich gedrängt, zieh aus, nimm dir eine neue Wohnung. Ich weiß auch noch, was Sophie zu dir gesagt hatte. ›Ich werde deinen Hintern nicht abwischen. Jeden Tag kann's so weit kommen. Ich habe keine Zeit dafür und Mama, ich will es auch nicht! Was willst du allein in einer neuen Wohnung! Alt ist alt. So ist das nun mal.‹ Als du dich in der neuen Wohnung eingerichtet hattest, konnten wir endlich über deinen Roderich sprechen. Über seine blöde Wehleidigkeit und seinen Jähzorn. Der ist doch so geworden, weil es bei ihm nicht zum Polizeirat gereicht hat.«

»Hör auf, Katinka. Lass den Roderich. Ich kann nun nix mehr ändern. Tot ist tot. Aber wenn ich daran denke, dass ich erst im Heim meine erste Jeans bekam …! Und sportliche Pullover.«

»Irgendwie kann ich das heute noch nicht glauben«, sagte Katinka in den Hörer. »Wieso kann ein Mann seiner Frau befehlen, nur so schrutige Klamotten zu tragen? Du hast sie mir ja gezeigt – was für ein damenhaftes Zeug. Schrecklich.«

Mia erinnerte sich. Seitdem sie alleine wohnte, hatte sie sich mit Genuss sportliche Kleidung gekauft. Und ihr lange verschüttetes komödiantisches Talent hatte sich wieder gezeigt. Kurz darauf hatte sie mit Katinka die *Witwenlust* gegründet.

»Weiß deine Tochter eigentlich, wo du steckst?«, fragte Katinka.

»Nö. Muss ich mich abmelden?«

»Nicht unbedingt.«

»Sophie weiß, dass die *Witwenlust* on Tour ist. Reicht doch. Wenn sie etwas wissen möchte, kann sie mich gerne anrufen oder mir mailen … Alles ist möglich. Es würde mich freuen.«

»Eben. Und ich gehe niemals in so ein *Haus Abend-* oder *Morgensonne*.«

»Katinka, manchmal geht's aber nicht anders.«

»Unsinn. Dir jedenfalls hätte man auch gut mit einer Pflegekraft zu Hause helfen können.«

»Sicher«, sagte Mia. »Aber vor drei Jahren ging es mir saudreckig. Da konnte ich nicht an andere Möglichkeiten denken. Die gab es nicht für mich. Wenn du mal richtig daneben bist, spreche ich dich darauf an. Aber vielleicht gibt es inzwischen bessere Lösungen.«

Katinka hörte Mia schlucken, räuspern und röcheln.

»Was ist?«

»Hab grad eine Kopfschmerztablette runtergewürgt.«

»Ohne Wasser?«, fragte Katinka. »Warum? Willst du dich umbringen?«

»Nein. Ein Schlückchen Wein wäre mir zwar lieber, warte mal …« Nach einer winzigen Pause war Mia wieder dran. »Hab Wasser aus dem Hahn … So, nun geht's wieder. Bist du eigentlich nicht müde?«

»Nicht so richtig.«

»Nimm Baldrian«, riet Mia. »Dann kommen die Inselkatzen und wärmen dich.«

»Sehr witzig. Lockt Baldrian auch attraktive Männer an?« Katinka lachte. Es klang ein bisschen anzüglich. »Und du, meine Teuerste, du setzt morgen aber draußen deinen Pudel ab? Wenn ich noch länger dieses englockige Gestrüpp auf deinem Kopf sehe, fühle ich mich allein schon beim Hingucken um Jahre älter.«

»Du magst mich wohl nicht mit der Perücke leiden? Ich muss sie doch ausprobieren. Das weißt du doch. Kannst froh sein, dass du für die Vorstellungen keine brauchst. Du musst nicht unter diesem grässlichen Jucken unter der Tresse leiden. Du nicht! Wer solche Fisseln auf dem Kopf hat, der braucht keine Fremdhaare«, ereiferte sich Mia.

»Wat biste prempig.«

»Ärgerste dich? Tust du, nicht wahr? Denn dein Ruhrpott schlägt zu. Sei einfach ein bisschen freundlicher zu mir. Dann ärgerste dich nicht. Geh ins Bett. Ich muss noch etwas aufräumen, ein bisschen desinfizieren, ich kann's einfach nicht haben, wenn jemand vor mir auf dem Klo gesessen hat.«

»Wie – hast du etwa die Gummihandschuhe mitgebracht?«, fragte Katinka und sah beinahe, wie Mia nickte. »Vergiss nicht, dich selbst zu desinfizieren.« Sie kicherte. »Und morgen stinkste nach Sagrotan.«

***

So sehr Mia auch der Umzug geholfen hatte, wieder an ihr altes Leben anzuknüpfen, umso schwieriger erwies sich nach ein paar Wochen das Zusammenleben mit den neuen Nachbarn. Die kannten sich seit Jahren und eine Neue musste erst ausgiebig auf Nachbarschaftstauglichkeit sowie auf regelmäßige Putzfreudigkeit geprüft werden. In diesem Haus wurden neben den Kellermäusen die Flusen gejagt. Unerbittlich. Es könnte ja mal die Notwendigkeit eintreten, vom Fußboden essen zu müssen. Und für solche Eventualitäten wollten die Altmieter gewappnet sein. Selbst Rentner Willibald Fuchs, der unter Mia wohnte, saugte jeden Morgen seinen Balkon und gnade dem Blatt, das dorthin geweht wurde.

Dass Mia Kabarettistin war und sich nicht als reinrassige Hausfrau erwies, war wenig nützlich. Dass sie freundlich, aber zurückhaltend-höflich war, auch. Es wurde erwartet, dass sie vor diesen Menschen in diesem Haus ihr Leben ausbreitete. »Kann ja nicht so schwer sein! Außerdem macht man das«, beschied ihr Frau Stolz, die sich ihre Wohnung regelmäßig von ihrer Mutter putzen ließ.

Daraufhin hatte Mia gesagt: »Wer ist ›man‹? Ich jedenfalls nicht.«

Die Nachbarn nahmen Mia übel, dass sie nichts aus ihrem Leben erzählen wollte. Nichts über Ehe und Liebe und Kinder und wie viel Geld sie besaß. Nichts über Narben, die beim Erzählen nur schmerzen würden.

Dass sie zu alledem auch keine Liebhaberin von regelmäßigen Kaffeetrinkereien mit hübsch ausgebreiteten

Intimitäten war, machte die Verständigung untereinander nicht besser.

Es wurde getuschelt. Geäugt. »Das soll eine Künstlerin sein? Macht Kabarett? So was in dem Alter? Hat sie das überhaupt mal gelernt? Die war auch im Pflegeheim, nee, nicht zum Helfen, die musste gepflegt werden. Und jetzt wohnt sie hier und tut so, als wäre sie was Besseres. Kauft nicht mal in 'nen Aldi. Nein. Gnä' Frau geht nach Karstadt, die braucht was Feines. Die hat doch einen an der Klatsche.«

So eine Unterhaltung hatte Mia einmal mit angehört. Sie zeigte ihnen nicht, wie sehr sie verletzt war. Mia sprach ihre Nachbarn humorvoll an, aber die reagierten ratlos und später überhaupt nicht mehr. Über Mias Worte konnten sie nicht lächeln, geschweige denn lachen. Sie nickten ihr zu, wenn sie ihr nicht ausweichen konnten, und das war es dann auch.

Mehr und mehr wurde Mias luftige und helle Wohnung zu einer einsamen Insel. Das Haus nannte sie im Stillen ›Totenhaus‹.

Inzwischen empfand sie jeden neuen Tag als Abschied. Um ihre Wohnung tat es Mia leid. Es steckte so viel Hoffnung und Freude darin. Nie wäre sie auf die Idee gekommen, dass sie einmal die Hausbewohner meiden würde.

Vor der Reise nach Spiekeroog hatte sie alles geordnet und noch einmal Dinge, die überflüssig schienen, abgegeben und entsorgt. Schon auf der Fahrt und spätestens im Hafen von Neuharlingersiel hatte sie wieder freier atmen können, ihre Lunge schien ein anderes Volumen zu haben als in Bielefeld. Hier konnte sie ihre Gefühle und Gedanken frei wie Vögel fliegen lassen.

Eine andere Wohnung musste her, möglichst auf der Insel. Und da Katinka mitmachen würde, schien alles einfacher zu sein. Sie würden einander helfen und eine Freundin wie die tatkräftige Katinka war ein Geschenk.

***

Lili Stern hatte geträumt, dass es gegen das Fenster geklopft hatte. Sie wollte weiterschlafen, halb sieben war einfach nicht ihre Zeit. Sie blieb liegen, in diesem Bett fühlte sie sich wohl und geborgen.

Als sie erwachte, war es fast zehn.

***

Wahrscheinlich haben die anderen längst gefrühstückt, überlegte Lili Stern. Dann mach ich mich mal auf ins *Inselcafé*.

Auf der Fußmatte mit der eingewebten Aufforderung: *Füße abputzen!* lagen Rosen und eine Karte.

»Aufmerksamkeiten schon vor dem Auftritt? Weiß der Teufel, das ist kein gutes Omen«, stellte sie fest.

Willkommen auf Spiekeroog. Sicher wirst Du einen Riesenerfolg haben. Ich bin bei Dir …

Statt eines Absenders hatte jemand unter den Text ein zwinkerndes Smiley gemalt.

Lili schnupperte und schüttelte sich – so dufteten keine Rosen. Die hier verströmten widerwärtig Fauliges. Je länger sie den Strauß betrachtete, noch einmal die Karte las, überlegte, ob sie die Schrift kannte, desto mehr zog sich ihr Magen zu einem Klumpen zusammen. Sie riss Papier von der Küchenrolle ab, packte damit den Strauß und warf ihn draußen in die Biotonne. Dabei fiel etwas Buntes aus den Blumen. Lili bückte sich. Zwischen Kartoffelschalen und Rosen lag ein karierter Stofffetzen.

Seltsam war das schon. Ein ähnliches Muster hatte die Clownshose ihres Großvaters gehabt. Der Stoff erinnerte sie an dessen Koffer, an seine Auftritte, und an ihre eigene Zeit beim Zirkus ... Und dann war alles anders gekommen.

Jene Zeit, die fehlte ihr. Auch an Berta, ihr zahmes Seidenhuhn, musste Lili denken. Guckst du mir aus deinem Hühnerhimmel zu?

Sie warf den Stoff zu den Blumen. Nur die Karte behielt sie.

***

Vor acht Jahren war sie auf Spiekeroog gewesen, erinnerte sich an das Inseldorf, auch wenn heute einiges anders aussah. Sie erinnerte sich auch, mit wem sie hier Urlaub gemacht hatte.

Sie wischte über die Augen, um alte Bilder zu vertreiben. »Ich will das nicht mehr«, flüsterte sie und genoss ihr opulentes Frühstück in dem alten Insulanerhaus. Schade, dass es inzwischen zu kühl war, um im Garten Kaffee zu trinken.

Lili hielt Ausschau nach Mia und Katinka. Sie hatte keine Ahnung, wo die zwei waren. Sie blieb sitzen und schon beschäftigte sich die Vergangenheit wieder mit ihr. Erinnerungen kamen wie ein Kammerspiel.

Münster

Mai 2000

3.

An einem Freitagnachmittag im Mai zeigten Feuerschlucker und Gaukler ihre Künste auf dem Domplatz in Münster. Dazwischen spaßte Lili Stern, die Clownin. Sie trug ein weißes Hemd, einen altväterlichen Frack und auf der Schulter hockte Berta. Ein zahmes Huhn. Der Auftritt mit dem Tier war ungewöhnlich, war amüsant und die Leute blieben länger als sonst stehen. Mit der roten Clownsnase hopste Lili tollpatschig, schritt dann wieder elegant der gackernden Berta hinterher, die stets seltsam gravitätisch voranlief. Diese Clownsfrau zeigte Lebenslust und Humor und brachte so manchen Zuschauer zum Lächeln.

Während Lili nach Beendigung der Vorstellung die Münzen einsteckte, kamen Passanten und fragten, an welchem Ort sie noch auftreten würde.

Ein Mann hatte während ihres Auftrittes besonders intensiv zugeguckt. Lili hatte dies sehr wohl bemerkt. Aber das kannte sie. Die Leute sollten ja bleiben und schauen. Und zahlen.

Sie schnürte ihren Seesack zu. Der Mann blieb. Sie warf den Sack über die Schulter. »Wiedersehn«, sagte Lili. »Ist was?«

Er schnitt ihr den Weg ab, ließ sie nicht vorbei, wie im Spiel.

»Außer, dass es eine gelungene Vorstellung war, ist nichts«, sagte er.

»Ich muss gehen.« Lili setzte eine energische Miene auf.

»Das steht Ihnen nicht.«

Jetzt sah sie den Mann genauer an. Er begann sie zu interessieren. Groß, überschlank, kurzgeschnittenes Haar, bräunlicher Teint, kleines, energisch geformtes Kinn. Tiefsitzende Ohren. Was ihr besonders auffiel, waren seine zu blauen Augen. Ein Gesicht, geschnitten wie das einer klassischen Statue, und die Proportionen schienen auf den ersten Blick zu stimmen. So schnell kam sie nicht darauf, was bei ihm asymmetrisch wirkte.

Während sie ihn noch betrachtete, fragte er: »Haben Sie Lust, bei mir im *Münsteraner Hof* eine Kostprobe Ihres Könnens zu geben?« Es klang arrogant. Diesen Eindruck verwischte er gleich wieder, als er ihr zuzwinkerte. Und doch war etwas Eigenartiges in seinem Blick. »Kommen Sie mit, ich zeige es Ihnen und dann entscheiden Sie, ob das Ambiente für Sie so angenehm ist. Und wenn, können wir uns über das Honorar unterhalten. Ob auch dieses für Sie angenehm ist. Ich gehe mal davon aus, dass Sie auch andere Orte als die Straße für Ihre Darbietungen annehmen.« Sein Mund kräuselte sich leicht, die Lippen wurden schmaler, und verschwanden fast dabei nach innen. Er zog den linken Mundwinkel nach unten – und für den Bruchteil einer Sekunde bekam der Mann einen grausamen Ausdruck.

Schon aber begann er zu lächeln, und die linke Seite schob sich wieder nach oben. »Ach ja, nicht, dass Sie denken, ich hätte keinen Namen. Ferdinand Protzow. Und welcher steckt hinter Lili?«

Er streckte seine Hand aus, um das Procedere zu vollenden. Das mochte Lili nicht, Fremden die Hand zu reichen. Sie sah auf die Hand mit den schmalen, langen Fingern und fasste sie nicht an.

Sie schüttelte die rote üppige Mähne nach hinten, strich sich, wie um sich daran festzuhalten, durch die Haare. »Lili Stern. Früher Bamberg. Heute – ist nicht so wichtig. Morgen – was weiß ich?«

***

Das Lokal am Domplatz war traditionell-bürgerlich eingerichtet. Das passte zu Münster. Nicht aber zu diesem Mann, dem Ferdinand Protzow, fand Lili. Aber es ging sie ja auch nichts an.

Diskret, mit einer Prise Autorität, zeigte er ihr die Räumlichkeiten. Einige Gäste blickten amüsiert auf. Lili trug noch ihre Arbeitskleidung. Auf der Schulter hing ihr Seesack und in einem Korb befand sich Berta, das Zwergseidenhuhn. Weil diese Rasse nicht fliegen konnte, hatte Lili den Korbdeckel nach hinten geklappt. Ferdinand Protzow fragte: »Haben Sie das Huhn immer im Korb?«

»Ach«, sagte sie. »Meine Mitarbeiterin radelt gern mit.« Lili hatte sich Berta zugelegt, weil das Huhn ein ausgeprägtes Sozialverhalten hatte, schnell handzahm wurde und für die Auftritte gut geeignet war.

Nach dem Rundgang stellte Ferdinand Protzow Lili seine Frau und die beiden Kinder vor. Mädchen zwischen zehn und dreizehn.

Sie einigten sich auf eine Vorstellung zur Probe für den Sonntagabend. »An den Wochenenden haben wir genügend Reservierungen. Und wenn ich meinen Gästen Besonderes geboten habe, waren sie immer recht großzügig mit dem Trinkgeld.«

***

Das gediegene Publikum, das in Protzows Lokal verkehrte, hatte großen Spaß beim Essen. Nur Berta, die zickte. Leider. Wahrscheinlich roch sie den Sud ihrer Artgenossin, als Hühnersuppe mit Eierstich serviert wurde. Berta flatterte, was sie sonst nicht tat, alle wollten sie fangen, während Lili rief: »Beeerta!« Aber da saß das Huhn schon auf dem eingedeckten Tisch des Stadtkämmerers und kackte in seine Suppe, zwischen Eierstich und Nudeln.

Lili bemühte sich, nicht laut zu lachen. »Selbstverständlich bekommen Sie auf meine Kosten eine neue Suppe.« Sie entschuldigte sich. Aber das half nicht. Der Stadtkämmerer verließ mit seiner Begleitung, einer Chinesin, das Lokal.

Ferdinand Protzow entschuldigte sich bei den übrigen Gästen, die verständnisvoll nickten und ihr Grinsen unterdrückten.

Nachdem die Gäste gegessen, getrunken, bezahlt, und ausgiebig über das Huhn geredet hatten, bat Protzow Lili in sein Büro. Er schloss die Tür, bedeutete ihr, sich zu setzen, und dann lachte er urplötzlich über Bertas Auftritt, dass ihm die Tränen über die Wangen liefen. Das Huhn steckte in seinem Weidenkorb und äugte Ferdinand an. Der Blick sah irgendwie gehässig aus, fand Lili. Inzwischen blickte Protzow ihr tief in die Augen, in seiner Miene spiegelte sich gebannte Aufmerksamkeit, der Blick war lang und kinoreif, und die siebenundzwanzigjährige Lili sah wie ganz großes Kino zurück.

So fing es an.

Spiekeroog

September 2011

4.

Lili fand, sie habe nun lange genug auf Mia und Katinka gewartet. Sie wollte zahlen und rief nach der Bedienung.

»Gleich. Ich komme gleich zu Ihnen.« Die Frau mit dem runden, bäuerlichen Gesicht erinnerte sie an ihre Großmutter, deren Asche schon lange in einer bronzefarbenen Urne steckte. Lilis Großmutter hatte verfügt: »Ich will nur eine einfache Beerdigung und ein kleines Urnengrab. Dann braucht es niemand von euch zu pflegen. Ich weiß doch, wie das ist. Erst rennt man hin und dann wird es einem zu viel.«

Drei Jahre darauf war Lilis Vater gestorben. Es war ein mühsames Sterben geworden, schmerzhaft für ihn und für die anderen. Aber Lilis Mutter, der Marion, ging es heute gut. Sie hatte einen Freund und Lili gönnte ihr das späte Glück.

***

»Hier steckst du!« Mia und Katinka standen windzerzaust vor ihr. »Frühstückst ganz feudal, und das ohne uns?« Katinka griff nach einer übrig gebliebenen Scheibe Emmentaler und steckte sie in den Mund.

»Während wir unsere Butterbrote von gestern aufgegessen haben …«

»Ich hatte Hunger. Außerdem wart ihr nicht da. Jedenfalls habe ich den Vormittag genossen.«

»Geht's dir nicht gut? Du siehst ein wenig blässlich aus?« Katinka sah sie forschend an.

Lili erklärte, dass alles in Ordnung sei. »Ich bin im Besitz meiner besten Laune.«

»Vorsicht. Gleich beißt sie, denn wenn Lili erst mal förmlich wird …!«, sagte Mia, die heute mit einem Garçon-Schnitt wie neu aussah. Flott. Gepflegt. Jünger. »Der Pudel kommt nur noch während der Auftritte auf mein edles Haupt. Katinka hatte schon deswegen rumgenörgelt …«

»Ist doch wahr. Mit der Omaperücke siehst du wie meine Nachbarin Bärbel aus. Grau und piefig«, stichelte Katinka.

»Red keinen Unsinn. Das soll sie ja schließlich auch.«

»Ist schon klar. Auf der Bühne. Jetzt weiß ich auch, woran mich diese kleinen Locken erinnern – an diese Dauerwelle in den siebziger Jahren. Hieß die nicht Minipli? Hattest du auch dir die auch machen lassen?«

»Nee. Du?«

Katinka prustete. »Ja. Einmal. Das hatte dann gereicht. Ich sah fürchterlich aus.«

»Da gab es doch auch so einen Haar- und Barterlass. Hatte auch dein Roderich drunter zu leiden, oder?«, fragte Mia.

»Was war das denn?«, fragte Lili.

»Ach. Bei uns in Essen durften die Polizisten weder

lange Haare, wie sie gerade modern waren, noch einen Bart tragen. Ist schon eine Weile her. Ja, Roderich trug seine Haare ziemlich lang … aber die mussten dann ab – wegen dieses Erlasses. Sagt mal, sollen wir nicht rüber zum Kino und fragen, wie der Vorverkauf läuft?«

»Ich weiß nicht.« Lili wirkte schlagartig unlustig. »Wenn erst nur zwei Karten verkauft wurden? Nein. Will ich jetzt noch nicht wissen.«

»Was isse wieder nervös!« Katinka schüttelte den Kopf.

»Du nicht? Du weißt genau, dass wir die letzten Passagen noch mal durchgehen müssen. Da ist noch nicht genügend Schwung drin. Die Sätze holpern. Ihr wisst ja, die letzten hatten wir eher so hingerotzt. Gestern Abend habe ich diese Stellen laut gelesen und dabei den schiefen Rhythmus bemerkt.« Lili steckte die Hände in die Jackentaschen. Tastete mit der linken, und fühlte die kleine Figur. Ein Huhn, das sie ständig bei sich trug. Es stammte noch vom Großvater – es hatte in jenem wegweisenden Koffer gesteckt und dadurch war sie überhaupt auf die Idee mit der »Berta« gekommen. Vielleicht hatte die Figur dem Großvater einmal als Talisman gedient. Ganz samtig war das Ahornholz mit der Zeit geworden, glatt und doch sehr hart geblieben.

»Lili! Bisher haben wir das immer hinbekommen. Aber fang nicht an, uns zu belehren. Das Alter dafür haben wir hinter uns. Ich jedenfalls!« Mia reckte ihren gut gepolsterten Körper und ihr fast faltenfreies Gesicht. Das Hochrecken steckte in ihr, zu kurz geratene Menschen taten das häufig.

»Zicke!« Katinka sah Mia streng an. »Immer dasselbe, vorm Auftritt seid ihr beide un-aus-steh-lich!« Dann wandte sie sich an Lili, die breit grinste.

»Hier wird nicht gelacht«, fauchte Mia.

»Ruhe!«, schimpfte Katinka. »Benimmst dich, als littest du unterm prämenstruellen Syndrom. Hast du dich in deiner Altersgruppe vertan?«

Lili rief: »Halt, stopp.« Sie griff in ihre Jackentasche und holte ihr Notizbuch heraus. Zog den Kugelschreiber daran ab und schrieb.

»Was …?«, fragte Mia.

»Das. Hör mal: Prämenstruell passt gut in die lahme Textpassage. Wunderbar. Kabbelt euch weiter, ich notiere alles.«

»Dann setze ich mich erst mal wieder. Das dauert ja bei dir«, begann Katinka. »Fräulein, bringen Sie mir bitte ein Kännchen Tee. Und ein Stück von der Sanddorntorte. Wenn schon, denn schon. Geistige Arbeit macht hungrig und mit meinen zweiundsechzig Jahren erlaube ich mir, schon vormittags Torte zu essen. Sanddorn ist gesund. Welche Frucht hat schon so viele Vitamine? Außerdem habe ich drei Kilo abgenommen. Eins davon ist meine Spezialreserve für kleine Süßigkeiten. Ich will hier nicht hungern. Nä. Is nich. Wat Leckeres braucht der Mensch.«

Lili schrieb. Mia versuchte, die schnell dahingleitenden Worte zu entziffern: *›Brigitte-Diät‹ bis zum Tod/ Die aktuellen und legendären Pudelfrisuren der ›Silberzwiebeln‹/ Autobahnraststätte. / Reisebus rollt an. / Heraus steigen ältere Damen, die sich ähneln wie eine*

Rentnerin der anderen./ Deutschland, in dem manche ihr postpubertäres Leben in dem Wahn verbringen, sich in der hipperen Jeans zeigen zu müssen als die Schulhofkonkurrenz oder ein teureres Auto zu fahren als der Nachbar und niemals die gleiche Abendgarderobe zu tragen wie die Partygastgeberin.

»Passt so ziemlich«, stellte Mia fest. »Dann versuchen wir, das mit einzubauen. Lili, aber nicht gleich wieder alles ändern! Machst du ja zu gerne. Schließlich müssen wir bis übermorgen das Neue auswendig lernen. Darauf ein Stück Friesentorte! Fräulein ... Hallo?«.

»Beeindruckend«, sagte Lili. »Wo ihr doch grad erst gefrühstückt habt. Wir müssen unbedingt den letzten Teil durchgehen und die Änderungen einfügen. So, wie die erste Szene sich noch anhört, kannste auch von Seife und Rainer Brüderle erzählen!«

»Pffh. Und – warum nicht?« Ehe Mia anderen zustimmen konnte, dauerte es immer etwas.

»Den Steinmeier lassen wir aber raus?«, fragte Katinka.

»Du mit deinem Steinmeier-Fimmel!«, bestätigte Lili. »Nehmen wir Steinbrück, der will ja unbedingt Kanzler werden.«

»Wir kanzlern nicht. Angie macht ihren Job gar nicht mal so schlecht. Jedenfalls möchte ich nicht in ihrer Haut stecken, die kann ja noch nicht mal heimlich in der Nase bohren. Darf die eigentlich zwischendurch alleine aufs Klo? Ohne Bodyguard? Was haltet ihr denn davon: Der Brüderle kommt hinter die ›Berta-in-die-Suppe-Kack‹-Szene, den damaligen Münsteraner

Stadtkämmerer tauschen wir gegen Hannelore Kraft aus – ist aktuell und dann wird's was. Die Frau Kraft kann nämlich über so was lachen.«

»Wir wollten doch auch Westerwelle?«, fragte Mia.

»Wolln wir nicht mehr. Wir brauchen was Neues. Was Frisches.«

»Wen, Lili?«

»Vielleicht den Bundespräsidenten?«

»Mit dem Wulff hätten wir das machen können, aber der ist ausgelutscht. Herrn Gauck? Nein, so was machen wir nicht«, beschied Lili. »Ich denke noch mal an die Szene mit dem Huhn. Richtig authentisch wäre sie natürlich mit einem lebendigen.«

»Jetzt hör auf. Wir wollten kein Tier mitnehmen, vor allem du nicht, es geht auch ohne ...«, sagte Mia.

»Ist! Ja! Gut!«, beschwichtigte Lili und verzog ihren breiten Mund, grinste spitzbübisch von Ohr zu Ohr. »Aber vorm Inselbegucken wird geprobt. Und wo?«

»Bei mir!«, sagte Katinka. »Und dann zeige ich euch in einem Prospekt, dass hier Wohnungen gebaut werden sollen.«

»Ja? Und? Interessiert mich nicht.«

»Lili, aber uns. Du weißt doch, dass wir an Eigentum denken.«

»Das gibt's niemals hier. Nie! Spiekeroog bewahrt sein Dorf – die bauen doch nicht einen Block Eigentumswohnungen! Wo denn wohl? Ihr seid Fremde, weder Insulaner noch Spiekerooger. Und bei einem Wohnungsverkauf kann es hier vielleicht nur ein Vorkaufsrecht für Insulaner geben. Überleg doch mal.«

»Woher willst du das wissen?«, ereiferte sich Katinka. »Immobilien interessieren dich doch nicht. Und was und wie auf der Insel verkauft wird – davon haste nun mal keine Ahnung. Warte ab. Ich rufe bei der Firma *Immobilienglück* an und erkundige mich nach den Preisen.«

»*Immobilienglück* ... Klingt pompös und ungemein windig. Im Übrigen habe ich mich – rein zufällig – mit einem Mitglied des Gemeinderats über den hiesigen Tourismus unterhalten. Würde mir gefallen, wenn wir im nächsten Jahr noch einmal gebucht würden. Jedenfalls meinte der, dass die Insel so bliebe, wie sie sei – obwohl es ja inzwischen prächtige Neubauten gibt. Dieses außergewöhnliche Künstlerhaus. Zum Beispiel. Erst sollten wir da ja auftreten. Schon vergessen? Aber da gibt's wegen der Belegung wohl Querelen ... Vielleicht hat diese Immobilienfirma ein paar Wohnungen im Angebot, vielleicht auch ein Haus – aber hier – ein Neubau? Seid nicht blauäugig. Und lasst euch nicht durch einen Prospekt beeindrucken. So. Schluss damit, es wird geprobt.«

»Augenblick mal, Lili«, stoppte Katinka deren Redefluss. Sie hatte die Aushänge des *Inselcafés* entdeckt, stand auf und ging dorthin. »Guckt mal! Hier kann man ja auch wohnen!«

»Sieht das gemütlich aus! Aber du hast doch eine Unterkunft?«, fragte Mia.

»Also, wenn – dann aber ich«, ging Lili dazwischen und in ihren Augen tanzten braungrüne Pünktchen. »Die jetzige ... Ja, die ist in Ordnung, gibt's nichts dran auszusetzen. Aber vor meiner Tür lag heute früh ein Strauß furchtbar stinkender roter Rosen und eine Karte gab's auch dazu. Ich meine, wer weiß denn, dass ich heute früh in die Ferienwohnung übergesiedelt bin? Oder ist jemand anderes gemeint, es könnte ja sein, dass vor mir eine Frau dort wohnte ... Seltsam. Und dieses Stück Stoff ...«

»Stoff? Was für ein Stoff?«, fragte Katinka.

Lili erklärte, dass sie wahrscheinlich da etwas hineininterpretiert habe, sagte auch, dass die Blumen und die Karte nur von einem Mann stammen konnten. »Aber wer? Ich kenne hier keinen, und ich will auch niemanden kennenlernen. Insofern wäre mir ein Umzug sehr lieb. Die Frau Gerstendörfer, meine Vermieterin, hat ganz bestimmt dafür Verständnis. Ich würde ihr sogar einen Teil der Miete zahlen ... Sie bekommt sicher gleich einen Anschlussmieter. Die blöden Rosen habe ich in die Mülltonne geworfen. Also – falls noch einmal welche ...«

»Ich verstehe nicht, warum dir ein Fan stinkende Rosen schenken soll? Das war doch irgendein alberner Witz.« Mia sah Lili an, in deren Eichhörnchenhaar der Wind spielte. »Und überhaupt, woher willst du wissen, ob die für dich gedacht waren?«

***

Zufrieden lehnten sich die Frauen zurück. Endlich. Es hatte gedauert. Aber nun passten die Textänderungen, die Szenen griffen flüssig ineinander und die Generalprobe war nicht übel gewesen. Erbarmungslos hatten sie einander angestachelt, kritisiert, hatten noch einmal umgeschrieben – nun brauchten sie nur noch ein volles Haus.

***

Mia probierte ihre Perücke vor dem hoch hängenden Spiegel im Flur aus und musste ständig hüpfen, um sich sehen zu können. »Richtig doof. Prima. Passt!«

Ihre Bühnengarderobe hatten sie bei Katinka deponiert, weil deren Ferienwohnung das beste Licht hatte und genügend Platz vorhanden war.

Mia trug ihre Perücke und ein bunt bedrucktes kurzes Kleid aus den Sechzigern, Katinka einen Badedress, der in den dreißiger Jahren modern gewesen war. Lili trug ihre Clownsnase, eine langes weißes Hemd und eine weite Hose mit roten Hosenträgern.

Mias Lockenperücke erzählte die Geschichte einer deutschen Seniorenfrisur, die inzwischen im Aussterben begriffen war. Die musste nicht schön, die sollte praktisch sein. Pudellocken saßen immer und keine um die achtzig sollte sich noch täglich die Haare waschen müssen. Föhnfrisuren waren anstrengend, das Rheuma in den Fingern schmerzhaft. Tägliches Durchbürsten, das reichte aus. Je krauser und kleiner die Dauerwelle, umso länger hielt das Gebilde. Mia brachte den Sketch über die ›Pudelkrause‹, graueste aller Graufrisuren, so authentisch und bissig, dass die Zuschauerinnen heimlich in ihren Taschenspiegeln nachschauten und erleichtert durchatmeten, da sie ja nicht davon betroffen waren.

***

Lili blätterte im Immobilienprospekt. »Nur Zeichnungen? Keine Fotos? Häuser in den Dünen? Die Bilder können doch von überall sein. Gras, Heide und Dünen gibt es ja nicht nur auf Spiekeroog. Habt ihr hier ein Bauschild gesehen?«, fragte Lili.

»Nur weil du nix kaufen willst, findste wat zu meckern. Gib dat wieder her.« Katinka klappte die Hochglanzbroschüre zu. Ihr Handy schräbbelte.

Die Frau vom Inselkino war dran.

Münster

Frühsommer 2000

5.

Keck wippte ihr rotes Haar. Noch lächelte sie leichtsinnig ihr wunderbarstes Lächeln. Dahinter aber verbarg Lili ihre tief sitzende Furcht vor längeren Bindungen.

Aber – was ist schon ein Kuss, was eine Nacht?, überlegte sie. Morgen würde sie in ihr Auto steigen, zurück in ihre Wohnung fahren und kurze Zeit später zum nächsten Auftritt reisen. Danach wäre dieser Mann wieder vergessen. Würde nicht einmal eine länger dauernde Erinnerung.

***

Lili fuhr nicht nach Hause. Denn nach der ersten heimlichen Liebesnacht mit Ferdinand Protzow starb Berta. Lili fragte sich allen Ernstes, ob dies womöglich ein böses Omen war. Traurig begrub sie das Huhn in der Nähe vom Aasee. Und mit jeder Stunde mehr, die sie in Münster blieb, verstrickte sich Lili in eine unmögliche Liebe. Dass diese unmöglich war, merkte sie später.

Obwohl sie sich sagte, das geht nicht, der Mann hat Familie, das mache ich nicht, ließ sie sich von Ferdinands Charme und seiner eigenwilligen Liebeskunst betören.

Noch erfüllte sie ihre Engagements. In Detmold, Dortmund und in Essen. Sie musste wegen des nun fehlenden Huhns auf eine andere Solonummer zurückgreifen. Nur: Ohne Berta fehlte den Vorstellungen etwas.

Sie telefonierte mit einem Züchter und wollte sich bei ihm ein Tier anschauen und vielleicht auch kaufen. Dann aber würde sie viel Zeit zum Trainieren brauchen. Ferdinand bot ihr an, in einem leerstehenden Raum seines Restaurants mit einem neuen Huhn zu üben. So viel Nähe wollte sie nicht und sie fand, es mache sie von dem Mann abhängig.

Lili suchte sich ein Huhn aus und fuhr damit nach Hause. Hier hatte sie keine Verpflichtungen – nur das Tier musste trainiert werden. Der Einfachheit halber nannte sie es wieder Berta. Dieses Tier erwies sich als Flattervogel mit einem schwierigen Charakter. Aber es war jung und lernfähig. Ihre Nachbarin fragte: »Wann gibt's leckere Hühnersuppe?«

Bei dem Gedanken wurde ihr übel, sie konnte sich nicht vorstellen, ihr kostbares Huhn zu essen. Während dieser Zeit hätte sich Lili in aller Ruhe die Münsteraner Affäre überlegen können. Ferdinand rief mehr oder weniger regelmäßig an. Bei diesen Gesprächen wirkte er kühl, und manchmal auch zynisch. Machte er zwei oder drei Tage Pause, wurde Lili unruhig und über die Unruhe ärgerte sie sich. Diese Unruhe entwickelte sich zu einem unangenehmen Zwang. Ständig wollte sie in Münster anrufen. Ständig kreisten ihre Gedanken um Ferdinand, hinterfragten seine plötzlich auftretende und unerwartete Kälte. Und genau an dem Punkt, an dem sie fast davor war, in den Telefonhörer zu heulen, wurde er unglaublich liebenswürdig. Er flüsterte ihr Dinge zu, die sie erglühen ließen. Dann aber begann er ihre Art, ihre Sprechweise zu sezieren, schnitt ihr Wollen und ihren Willen auseinander. Dummerweise war Lili in jener Zeit ungemein liebebedürftig. Ferdinand, der hatte diese Bedürftigkeit schnell erkannt.

***

Lili erhielt ein dreiwöchiges Engagement auf einem Kreuzfahrtschiff. Leider wurde die arme Berta seekrank. Als sie nach Beendigung dieser Reise das Tier ihrem Nachbarn Willi in den Hühnerstall stellte, ihre Wohnung aufräumte und nach Münster fuhr, um die Sache mit Ferdinand zu beenden, kam alles anders.

Münster

Sommer 2000

6.

Sie war sicher, die Kontrolle über sich und ihre Gefühle zu haben. In gewisser Weise auch über Ferdinand.

Lili hatte sich in einem Hotel einquartiert. Nur für ein paar Tage, dachte sie, mehr auf gar keinen Fall.

Ferdinand. Ach ja. Aufmerksam war er, hörte ihr zu, und liebte Lili, wann und wie es ihm richtig erschien. Er ging mit ihr ins Theater, obwohl er wenig dafür übrig hatte. Aber das sagte er nicht. Aber in den Stunden lustvoller Verzückung flüsterte er: »Du gehörst mir, für immer. Nie mehr lasse ich dich los.« In diesen wahnwitzigen Minuten war sie glücklich und überhörte seinen Besitzanspruch, ach, sie nahm diese Worte nicht ernst. Denn was sagte man alles währenddessen, wenn Wortlosigkeit nicht auszuhalten war.

Dann kam der Tag, an dem sie sagte: »Übermorgen reise ich ab. Ich muss noch nach Bielefeld, Berta holen – außerdem habe ich in Würzburg einen Auftritt.«

Da sagte er, dass er sich von seiner Familie getrennt habe.

Ziemlich perplex und ungläubig fragte Lili: »Ja, warum denn?« Das gefiel ihr nicht. Sich einfach anderer Menschen zu entledigen. Und über eine mögliche

Trennung von seiner Frau und den Töchtern hatten sie nie gesprochen.

»Warum wohl, Lili?«

»Das meinst du nicht wirklich?«

»Natürlich. Ich meine alles so, wie ich es sage. Das musste sein. Das musste schon lange sein.« Seine blauen Augen wurden kälter als Eis, und die Pupille war ein stechender Punkt.

Während sie ihn ansah, hielt er die Augen offen, kein Lidschlag bedeckte diesen Augenblick. Ohne seine Miene zu verziehen, sagte er: »Ich habe es auch wegen dir, wegen uns getan. Ich will für dich frei sein.«

Lili schwieg, wollte keine Fragen stellen, jetzt nicht, später, natürlich. Seine Freiheit wollte sie nicht. Überhaupt nicht. Eine Affäre, aber mehr auch nicht. Lili erstarrte und Kälte wuchs zwischen ihnen hoch wie eine Wand.

»Das sollst du nicht … – und wenn ich etwas damit zu tun habe, hättest du mit mir darüber reden müssen. Du hast eine Familie und wir eine hitzige Geschichte, die wieder vorübergeht.« Ja, das brachte sie noch raus. Auch: »Ich bin immer frei gewesen und will es auch weiterhin sein«, weil sie große Angst vor den Konsequenzen hatte.

Ferdinand blieb stumm. Er tat, als sei nichts gewesen, streichelte Gesäß und Schamhügel, er streichelte lange, bis sie vor Erregung glaubte, den Verstand zu verlieren. In dem Augenblick schlug er sie mit der flachen Hand ins Gesicht. Eigenartigerweise verstärkten die Schläge ihre Lust, sie zitterte und wollte ihn, Ferdinand. Trotz allem.

Er verweigerte sich, ließ von ihr ab, stand auf, schaute aus dem Fenster des Hotelzimmers, schob die Vorhänge zur Seite und wirkte unendlich gelangweilt. »Ich muss los, die Arbeit ruft.«

Abrupt drehte er sich um, ging zur Tür, legte die Hand auf die Klinke. »Wenn du rausgehst, mach deine Blusenknöpfe zu. Sonst siehst du eher wie eine Schlampe aus. Mit so einer will ich nichts zu tun haben.«

Lili schaffte es, an ihm vorbeizusehen, biss sich auf die Zunge, um nicht loszuheulen.

Dann nahm er die Hand von der Klinke. Kam zurück, stand erneut sehr nah vor ihr. »Du duftest recht luxuriös nach frischen Zitronenblüten!«

»Haarshampoo vom Aldi«, sagte sie.

»Macht nichts. Ich liebe Illusionen.« Und nach einem tiefen Atemzug flüsterte Ferdinand gegen ihren Hals: »Vertrau mir!«

Spiekeroog

September 2011

7.

Der Applaus war herzlich, nur etwas dünn. Es waren nicht viele Zuschauer gekommen. Natürlich verbeugten Mia, Lili und Katinka sich. Man zeigte keine Enttäuschung. Und dann ritt Lili der Teufel. Sie fragte das Publikum: »Wie waren wir?« Und setzte noch die Frage: »Gut?«, hinterher. »Und wenn wir gut waren, warum trampeln Sie nicht vor Begeisterung?« Mia trat ihr auf den Fuß. »Hör mit dem Quatsch auf.«

Laut sagte Lili: »Meine Freundin weiß nie, wohin mit ihren Füßen. Jetzt steht sie auf meinen!«

Die Leute glaubten, das alles gehöre noch zum Programm und sei eine Zugabe. Aber es waren die Nachwirkungen des hohen Adrenalinspiegels, dem die drei ausgesetzt waren. Das hieß eben auch: verminderte Zurechnungsfähigkeit. Sie hatten Alltäglichkeiten und Politik spitz unter die Lupe genommen, das Betreuungsgeld für Senioren aufgespießt, Renten, aber auch die berüchtigten runden Geburtstage, denen ja kaum einer entkommt. »Ja«, hatte Mia das Publikum gefragt, »was gibt's denn mit siebzig auch zu feiern? Die neue Unterkieferprothese, oder was?«

***

Ein Mann klatschte noch, als die anderen längst aufgehört hatten. Während sich einige schon nach ihm umdrehten, rief er: »Hochamüsant, hochamüsant. Nein, wie amüsant.« Das war so peinlich, so aufgesetzt. Mia und Katinka warteten ab und Lili ermahnte ihre imaginäre Berta, sie solle mit dem Gegacker aufhören.

Er schob sich durch die Sitzreihe, murmelte unablässig: »Entschuldigung«, erreichte den Gang, ging weiter zur Bühne, stieg die drei Stufen hoch zu den Künstlerinnen. Mit glühenden Wangen kam er zu Katinka, beachtete die beiden anderen nicht. Mit überraschender Schnelligkeit griff er nach Katinkas Hand, und hauchte einen Handkuss darüber.

Überrumpelt zog sie ihre Hand mit einer heftigen Bewegung aus seiner.

»Gnädige Frau!«, Wieder redete er so laut. »Sie haben etwas ganz Besonderes an sich. So, wie ich es liebe – Sie haben dieses Nordische, ja, Inseltypische. Eine Frau wie Sie gehört auf die Insel! Sie sollten hier wohnen. Ihre Vorstellung, ja, all Ihre Worte trafen messerscharf und zeigten mir auch Ihren subtilen Humor. Und das alles noch in Ihrem Alter!« Endlich war er still, wischte sich Spucke aus den Mundwinkeln und schaute Katinka treuherzig an.

»Inseltypisch? Unsere Katinka?«, murmelte Mia, und schob den Kapotthut in den Nacken, »Nur, weil sie im Badedress auftritt?«

Lili kicherte.

»Ruhe!«, ermahnte Mia.

»Mal sehen«, gab Lili zurück, aber so leise, dass es

nur Mia verstehen konnte, und warf gleichzeitig einen weiteren Blick auf diesen eigenartigen Verehrer.

»Ist Schärfe eine Sache der Jahre?« Endlich konnte Katinka reagieren und fror plötzlich in ihrem Bühnendress, einem Badeanzug mit Röckchen aus den Dreißiger Jahren – schwarz mit blau-weißen Streifen und V-Ausschnitt.

Geistesgegenwärtig bückte sich Mia und griff nach einem Badetuch, das sie während der Vorstellung als Requisit benötigt hatte, und drückte es Katinka in die Hand.

»Wie alt sind *Sie* denn?«, fragte Lili. »Aber es spielt auch keine Rolle.« Sie lächelte.

»Was spielt keine Rolle?«, hörten sie ihn fragen. Irgendwie klang es enttäuscht.

»Auf Wiedersehen, Good bye, arrivederci.« Routiniert verbeugten sich die Künstlerinnen ein letztes Mal. Katinka wollte sich umziehen. Dieser Mann guckte weiterhin so unangenehm.

Schon lächelte er mild und vergebend, bis das Lächeln in seinem rundlichen Körper versackte. Als Katinka sich zum Gehen wandte, hielt er sie fest. »Meine Dame, dürfte ich Ihnen morgen meine Aufwartung machen? Lassen Sie sich von mir zu einer Tasse Kaffee einladen?«

Mia und Lili sahen, dass die Zuschauer nicht gegangen waren. Sie schauten dem Treiben auf der Bühne immer noch zu. »Die denken, das ist alles noch Programm«, flüsterte Lili.

»Warum? Aufwartung?«, konterte Katinka. »Wollen Sie mich heiraten?« Nach einer winzigen Pause setzte sie nach: »Ich bin nicht Ihre Dame, ich bin keines Mannes Dame, ich bin die Katinka Koselowsky aus Essen-Frillendorf, und det Sprüchsken von Ihnen hat soon Baat, gehnse ma lieba inne Kiiache. Da kommen se bestimmt wech. Wir sind die Gruppe *Witwenlust* und kennen selbst klopsige Schoten. Je, nu verknüddeln se ma gezz nich ihr nettes Gesicht. Aber da kann ich Ihnen die Creme für den reifen Herrn empfehlen. Tach auch.«

Das Publikum wischte sich die Lachtränen weg. »Zugabe!«

»Der Heini soll verschwinden«, zischelte Mia. »Außerdem muss ich mal … dringend!« Sie begann ihn mit der Hand fortzuwedeln. Der Mann blinzelte in das Scheinwerferlicht. Lili ging das kleine Treppchen seitlich der Kinobühne herunter, sagte dem Mann, dass die Vorstellung endgültig vorbei sei. Er schaute sie fragend an. Lili stutzte.

Er verließ das Kino in würdevoller Haltung und vorgestrecktem Bauch.

Als hätten die Künstlerinnen gerade den gleichen Gedanken gehabt, spielten sie *De Wind vun Hamburg* von Ina Müller ein, um diesen Abend mit Stil zu beenden. Katinka hatte eher was von Georg Kreisler im Kopf, sein legendäres *Tauben vergiften*, so etwas …

»Mir kommt es vor, als hätte ich diesen Mann schon einmal gesehen«, sagte Lili.

***

Er ging ins Bad, zog sich vor dem Spiegel die grau melierten Augenbrauen und den schmalen Schnäuzer ab. Er zog seinen Mantel aus, schob den Pullover hoch und band den Kunstbauch ab. Dann atmete er tief durch, reckte die Arme, ging in die Knie, machte Grimassen, um wieder der zu werden, der er wirklich war. Seine natürlichen Augenbrauen waren vital dunkel und schlank wirkte der Mann um einige Zentimeter größer. Und hatte jetzt eine eher distinguierte Ausstrahlung.

***

Um im Hotel keine Irritationen hervorzurufen, hatte er sich mit zwei Namen telefonisch angemeldet und jeweils um einen Tag versetzt eingecheckt. Natürlich einzeln, er war ja letztendlich eine Person. Nur eben in unterschiedlicher Aufmachung. Hatte ein Doppelzimmer für sich und ›seinen Freund‹ gebucht. Daher konnte er prima in abwechselnder Maskerade herumlaufen. Nur eben nicht gemeinsam frühstücken und ähnliches tun. Aber wer fragte schon danach? Es war zwar anstrengend, umständlich, er hätte alles auch ganz anders machen können, aber Maskeraden machten ihm Spaß und dienten dem Zweck, der jedes Mittel heiligte.

Seine Utensilien kamen jedes Mal in den doppelten Boden seines Koffers. Konnte er wissen, ob ein Zimmermädchen mal neugierig war?

Jemand, den er gut kannte, war auch auf der Insel. Am Anleger Neuharlingersiel hatten sie miteinander gesprochen. »Auf Materialsuche?«, hatte er kurz gefragt.

»Pflücke die Rose«, deklamierte der andere, »eh sie verblüht.«

»Vielleicht ist sie längst in alle Winde zerstoben«, hatte er ebenso poetisch geantwortet. Und fügte dann ernst hinzu: »Bin auch auf Materialsuche. Jedem das seine.«

***

Nervös lief er in seinem Hotelzimmer umher. Deklamierte diverse Sätze und fragte sich, ob sie nicht zu aufgesetzt wirkten. Er hatte bestimmt drei Jahre lang nicht mehr in dieser Art zu älteren Leuten gesprochen.

Es hatte eine Zeit gegeben, in der er hinfälligen, kranken und besonders einsamen Frauen die Hand gehalten, neben ihrem Bett gesessen und liebevollen Trost gespendet hatte.

Wer krank war und niemanden mehr hatte, der sich sorgte, war schlimm dran. Deshalb griffen Frauen, die wussten, dass sie bald sterben würden, nach ihm als letztem Strohhalm. Seine angenehme Art hatte sich rumgesprochen. Die Not der Einsamen war groß. Wären die alten Menschen allerdings gesund gewesen, hätten sie diesem Mann nicht so viel aus ihrem Leben erzählt, Ereignisse, die niemand mehr wissen wollte.

Viele lebten allein in ihren Wohnungen. Etliche waren vermögend. Im hohen Alter waren Freunde und Verwandte längst weggestorben. Und hier kam einer, der Zeit hatte, zuhörte und sich kümmerte. Manches Mal brachte er auch einen Notar mit, der schnell noch die Zuwendungen, die Erbschaft, beurkundete. So kam das Geld in seine helfenden Hände.

Wiedeland alias Weiland alias Lachnit war ein Mann, der in jeder Rolle Vertrauen erwecken konnte. »Sie haben ja niemanden, der sich um Sie kümmert – aber ich bin jetzt da.« Das war sein Standardsatz, und wirkte auf die so Angesprochenen außerordentlich wohltuend.

Er bot Hilfe und Freundschaft an. Mit Menschen konnte er umgehen. Und es existierte kein Gesetz, das ihn wegen Erbschleicherei hätte belangen können. Schließlich kann in Deutschland jeder über sein Vermögen nach Gutdünken verfügen.

Seine Schützlinge dachten, dass sie bei ihm, dem Pastor Wiedeland (zumindest hatte er einige Semester evangelische Theologie studiert) die Freifahrkarte in den Himmel bekämen. Und diese Art des modernen Ablasshandels hatte er bis vor einigen Jahren erfolgreich betrieben.

***

Namen waren Schall und Rauch. Wolfgang Weiland, so nannte er seine rundliche gemütliche Ausgabe und die schlanke smarte Variante hieß Harry Lachnit. In seiner Eigenschaft als Wolfgang Weiland war er in die Vorstellung der *Witwenlust* gegangen, um die Besucher – aber insbesondere die Künstlerinnen – einschätzen zu können. Sich freundlich, devot und kompetent an die Opfer heranmachen, hieß seine Devise.

***

Ohne Bauch und ohne falsche Augenbrauen samt Schnäuzer agierte er als Harry Lachnit, Geschäftsführer der Firma *Immobilienglück*. Er dachte an Katinka. Die springt auf mich an! Dieser hübsche Busen – und das in ihrem Alter … Ich werde ihr Komplimente machen und sie dann intensiv für eine Wohnung begeistern. Er wollte bei ihr weiterhin als der etwas korpulente Wolfgang Weiland auftreten. So hatte sie ihn ja kennengelernt.

Als Harry Lachnit hatte er sich in einem ›Coworking Space‹ in Neuharlingersiel eingemietet. Das bot ein perfekt eingerichtetes Büro, allein oder zu mehreren. Harry hatte für fünf Monate ein Einzelbüro und einen Besprechungsraum geordert. Er brauchte nur sein Notebook für sensible Daten und besondere Ideen mitzubringen. Auf einer Folie, die er an der Tür geklebt hatte, stand: *Immobilienglück – Beratung und Dienstleistungsunternehmen*.

Er öffnete das Fenster. Unten gingen späte Spaziergänger vorbei. Er lächelte zufrieden.

In der Dunkelheit trotzten staksige Geranien dem Wind.

Münster

Sommer 2000

8.

An jenem Nachmittag hatte Ferdinand das Hotelzimmer verlassen. Und gerade, als Lili ihre Gedanken, Verwirrung und Wut, Kleidung, Gesicht und Haare geordnet hatte, kam er zurück, blieb stehen, ohne den Blick von Lili zu wenden, die am Packen war.

»Natürlich musst du nicht bleiben. Dein bisheriges Leben ist interessanter als ... Nun. Eigentlich wird meins sehr bald sehr spannend werden, würde ich meinen.«

Während Lili zögerte, verspielte sie ihre Chance, zu sagen ›Ich muss arbeiten, und ich will dich nicht mehr sehen‹. Noch während sie zögerte, verfluchte sie sich und die Situation.

Es entstand eine seltsame Stille, gepaart mit einem ernsthaften Schweigen, und Ferdinand sah mit einem Mal so zerquält aus. »Entschuldige«, sagte er, »ich wollte dich nicht ...«

»Lass mich in Ruhe!«

»In Ordnung«, begann Ferdinand und seine Gesichtszüge entspannten sich.

Lili hielt ihr Nachthemd wie in der Schwebe – bevor es in die Reisetasche kam.

»Wir können darüber reden«, drängte er.

»Nicht notwendig.« Sie legte das Nachthemd zu den anderen Sachen. »Hau ab«, sagte sie. »Geh. Lass mich allein. Ich will gleich auschecken. Unsere Affäre hat nicht die geringste Ähnlichkeit mit meinen bisherigen Liebesgeschichten.« Außerdem hatte sie die Liebe im Hotel satt.

Er fasste nach Lilis Hand. Es sah aus, als suche er angesichts ihrer Entschlossenheit nach Vergebung. Lili zog ihre Hand weg. Er beugte sich vor und küsste ihre zusammengepressten Lippen. Sie betrachtete ihn wie einen Fremden. Ferdinand umarmte sie und zog sie auf das Bett. Flehte, Lili solle ihm vertrauen. Er flehte inbrünstig. Es hörte sich an, als bäte er um sein Leben. Er klammerte sich an sie und heulte. »Bleib bei mir. Ich liebe dich doch ...«

Er sagte beunruhigende Dinge. Ferdinand kannte keine Scham. Wieder griff er nach ihr, drückte seine Tränen in Lilis Gesicht, die das unangenehm fand – und doch, er schaffte es, dass sie Demütigung und Zorn beiseiteschob. Mit einer Hand schob er ihren Rock hoch, wollte den Slip herunterziehen und als das nicht gelang, riss er ihn auseinander. Lili strampelte und trat nach ihm. Ferdinand zwang ihre Beine auseinander. Während er in ihr war, schlug er sie.

Lili war zu diesem Zeitpunkt immer noch ungewöhnlich liebebedürftig. Sie wollte weg von diesem Mann, sie wollte bei ihm bleiben. Aber ein Teil von ihr war süchtig nach ihm geworden.

***

»Ferdinand, lass mich endlich mal allein, ich muss üben!«, sagte Lili.

»Wozu denn schon wieder? Geht mir das auf die Nerven. Mein Gott, musst du dein Gehopse hundertmal wiederholen?«

»Du weißt genau, dass ich im Training bleiben muss!«

»Dafür? Komm, nun nimm das mal nicht so wichtig. Weißt du, ich kann mir ein paar Tage freinehmen. Lass uns ans Meer fahren. Meinetwegen auch an deine Nordsee.«

»Ich muss üben.«

»Wie viele Vorstellungen hast du denn noch in diesem Sommer?«

»Drei.«

»Nur drei? Lohnt sich doch nicht. Pack deine Klamotten und lass uns verreisen. Soll ich mit deiner Agentur sprechen?«

»Nein.«

»Lili, du brauchst Ruhe. Du hast Schatten unter den Augen. Du bist blass. Schläfst du nicht genug?« Dabei grinste Ferdinand. Es wirkte kalt.

***

Ferdinand war zu Lili ungewöhnlich fürsorglich. Inzwischen stellte er sie auch seinen Bekannten und den Freunden vor. »Frau Stern gehört jetzt zu mir, wir sind zusammen.« Sie kam selten in den *Münsteraner Hof*, außerdem hatte Lili ihre Auftritte und kümmerte sich nebenbei um ihre Wohnung in Bielefeld. Aber sie fühlte sich nicht gut. Sie war erschöpft. So sehr, dass sie ihrer Agentur mitteilte, »Ich muss für ein paar Wochen aussetzen.« Sie legte ein Attest von Ferdinands Hausarzt vor.

Lili hatte sich bei dem jungenhaft und ausnehmend freundlich, sanft wirkenden Arzt nicht auszuziehen brauchen. Was ihr recht gewesen war. Was hätte der gedacht, wenn er die gelbgrünblauen Male auf ihrem Gesäß gesehen hätte? Sie hatte die Erschöpfung beschrieben, gesagt, dass sie nicht schlafen könne, hatte von bösen Träumen berichtet, und das war es dann auch schon gewesen.

Münster

Winter 2000

9.

Was hatte sie nicht alles für ihren Lieblingswunsch getan!

Denn seit Lili zum achtzehnten Geburtstag von ihrer Großmutter das Vermächtnis von Favoloso, dem Großvater, dem Clown, überreicht bekommen hatte – den Koffer mit der ›Arbeitskleidung‹ samt der großen Latschen – ab da war sie rettungslos infiziert. Geschichten erzählen, kleine Szenen spielen, das konnte sie so gut wie ihre Mutter Marion. Aber beide Eltern wünschten, erst solle sie etwas Solides nach dem Abitur lernen. »Einen Brotberuf brauchst du, studier Jura, werde Anwältin, da musst du auch viel erzählen«, sagte ihr Vater, der sie vor lauter Sorge schon als Bettlerin sah. Er befürchtete, dass sie womöglich wie sein Vater verschwinden würde. Und nicht mehr zurückkäme. »Die große Zeit des Zirkus ist vorbei«, sagte er. »Mach etwas anderes, bitte!«

Lili blieb stur und entschlossen. »Wie dein Opa«, seufzte ihre Mutter.

»Warum kann ich nicht gleich eine Ausbildung zur Clownin machen? Mama! Papa! Das ist was Seriöses. Später bilde ich dann selber aus. Später, wenn ich alt bin, so mit fünfzig, habe ich meine Clownsschule. Da kannst du alles Mögliche mit machen. Bitte!«

Die Eltern gaben nach. Sie fanden, eine Ausbildung zur Clownin sei besser als eine unglückliche Liebe oder eine zu frühe Heirat, noch gar mit einem Mann, den sie kurze Zeit später nicht mehr mochte. In Gefühlsdingen war Lili ein schnell davonflatternder Schmetterling.

Andere, die von Lilis Ziel hörten, murmelten verstohlen: »Tingeltangel, davon kann man doch nicht leben.« Aber Marion Stern nahm ihre Tochter in Schutz und erklärte, dass selbst Arbeitsämter dieses Berufsbild kannten.

Nach zwei Jahren war Lili so weit, dass sie auftreten konnte. Sie reiste über zwei Jahre mit dem Zirkus Bellissimo durch Deutschland. Danach engagierte sie der Kapitän der *Seabourn Spirit*. Jenes Schiff, welches durch einen Piratenangriff vor der Küste Somalias am fünften November 2005 bekannt wurde.

***

Lili verliebte sich einige Male. Nichts Ernstes. Nur das nicht, war ihr Credo. Mit ihrer Leichtigkeit konnte sie immer, wenn sie es wollte, mit einem Lächeln und netten Worten Beziehungen beenden. Sie war eine Reisende und blieb selten länger als ein paar Monate am selben Ort.

Bis sie Ferdinand kennenlernte. Anfangs meinte sie, jener Tag im Mai sei ihr Glückstag gewesen.

Ferdinand konnte noch viel bessere, spannendere Geschichten erzählen, er hatte fantastische Pläne, die er überzeugend vortrug, bis Lili begann, daran zu glauben. Er war ein so verflucht guter Verkäufer seines Willens, seiner Pläne und seiner Gefühle – er kannte das Kleingedruckte in der Liebe gut.

Spiekeroog

September 2011

10.

»Warum zum Teufel werden Mülltonnen abgefackelt? Und ich muss den Abschlussbericht dazu schreiben«, nörgelte Kommissar Nathan Töwer seinen Kollegen, Polizeimeister Ulf Jörgensen an. »Kein Mensch weiß, wer es war.«

»Reg dich nicht auf. Zumindest zeigen wir damit unsere Bereitschaft, die Sache aufzuklären«, sagte Jörgensen.

»Bereitschaft, Bereitschaft, was soll ich schreiben?«, überlegte Nathan.

Einige Mülltonnen, die vor dem Künstlerhaus abgestellt waren, hatten gebrannt. Im Juli, im August und Anfang September, immer des Nachts. Möglicherweise Serientäter? Der Sachgebietsleiter für Brandermittlung hatte sie in einem vertraulichen Gespräch danach gefragt. Ulf Jörgensen konnte das nicht bestätigen. »So etwas gibt's nicht auf Spiekeroog!«

»Hier drängt sich aber ein Verdacht dazu auf«, hatte der Sachgebietsleiter mit Bestimmtheit gesagt.

Und jetzt war mit einem Stein die Scheibe neben dem Eingangsbereich des Künstlerhauses zerstört worden.

»Will uns einer ärgern, weil wir zu wenig zu tun

haben?«, überlegte Nathan laut. »Auf Spiekeroog ist eben nicht der Teufel los. Ist auch gut so. Haben wir übermütige Kids? Ich meine, wenn jemand die Türgriffe mit dem bronzenen ›Inselschwärmer‹ abmontiert hätte … Das könnte ich nachvollziehen, die sind wertvoll. Aber wir haben eine kaputte Scheibe und verkohlte Mülleimer. Na ja. Immer besser als Gewalt oder gar einen Mord.« Den würde ich sowieso alleine aufklären, dachte er. Ulf weiß nicht, wie das geht. Hat er noch nie gehabt.

»Alles Unsinn. Was da alles vermutet wird! Das kommt nur daher, weil das Haus inzwischen geschlossen ist.« Ulf wollte nicht gestört werden. Heute musste er mal wieder an Jevers attraktivste Prostituierte denken. An die Irma, die vor Jahren ein Wilbert gewesen war. Jetzt machte sie nach einer Geschlechtsumwandlung Männer mit ihren endlosen Beinen und den schwarzen Augen verrückt. Nathan soll mit dem Labern aufhören und seinen Bericht fertig tippen. Konnte doch nicht so schwer sein. Sollte er doch einfach nur schreiben: ›Wir haben keinen Täter gefunden, möglicherweise waren es betrunkene Gäste‹, und gut wär's.

Aber Nathan störte ihn weiter: »Wahrscheinlich fühlt sich einer bemüßigt, wieder Leben ins Künstlerhaus zu bekommen. Meinst du, dass die Spiekerooger eine Lösung für einen weiteren Betrieb finden? Wäre doch zu schade …«

»Ich töpfere und häkle nicht. Den Übeltäter kriegen wir schon«, erklärte Jörgensen ungehalten. »Ach du je. Was ich gerade reingekriegt habe …! Warte – ich lese dir vor. Ist eine weitergeleitete Mail von den Neuharlingersieler Kollegen: *Sehr geehrte* und so weiter, also das übliche ... *Kennen Sie die Firma Immobilienglück in Neuharlingersiel? Wissen Sie, ob auf Spiekeroog gebaut werden soll? Sie werden sicher sagen, wenden Sie sich an die Gemeindeverwaltung. Ja, das habe ich schon. Aber leider keine Antwort erhalten. Ich würde gern in so ein Projekt investieren, möchte aber vorher wissen, ob es möglicherweise negative Auskünfte zu dieser Firma gibt. Ich kenne die Küste kaum und Spiekeroog schon gar nicht. Mit freundlichen Grüßen, Max und Nina Mattes.*«

»Den Laden kenne ich nicht«, sagte Nathan.

»Aber du wohnst doch in Neuharlingersiel!«

»Nicht lange genug, um dort alle zu kennen.«

»Und deine Freundin?«

»Woher soll ich wissen, ob Sonja diese Firma kennt? Wir wollen weder ein Haus noch eine Wohnung kaufen. Wir wissen ja noch nicht einmal, ob ich an der Küste bleibe.« Nathan guckte in seinen Kaffeebecher, in dem sich der Milchschaum auf dem Cappuccino unschuldsweiß absetzte. »Wenn, müsstest du etwas darüber gehört haben. Ich kann mir nur nicht vorstellen, dass auf der Insel gebaut wird. Vor allem nach der Geschichte mit eurem Reeder würde im Dorf auf jeden Fall darüber geredet.«

»Was heißt hier ›euer Reeder‹? Meiner ist es nicht. Lass ihn fahren dahin, meinetwegen zur See oder nach Hause.« Ulf Jörgensen blickte auf. »Wenn, dann wüsste es unser Bürgermeister. Ich hab dir doch über die Debatten im Gemeinderat erzählt, als am Lütt Slurpad ein kleines Neubaugebiet ausgewiesen wurde. Da durften ja nur jene ein Stück Land kaufen, die mindestens fünf Jahre auf der Insel wohnen … Und nun kommt jemand mit *Immobilienglück*? Sehr eigenartig.«

Nathan nippte am heißen Cappucino. »Was machen wir mit der Anfrage?«

»Liegen lassen. Wir werden uns umhören, das kriegen wir schon raus. Nicht, dass an Land Aasgeier am fuhrwerken sind. Die Insel bleibt, wie sie ist. Wir brauchen kein Sylt! Basta«, sagte Jörgensen.

»Sag ich auch nicht.«

»Du bist ja nicht von hier.«

»Ist das ein Vorwurf?«

»Hab ich nicht gesagt. Wir haken nach. Übrigens: Wann kommt eigentlich die Polizeischülerin und absolviert ihr Praktikum?«

»Sollte die nicht am Montag …?«

»Sollte. Heißt nicht ›wollte‹. Na gut, viel haben wir derzeit ja auch nicht. Was macht dein Bein?«

»Geht so.«

***

Nathan Töwer litt unter den Nachwirkungen des schweren Unfalls, den er in der Silvesternacht des letzten Jahres erlitten hatte. Er hätte in den Vorruhestand gehen können. Aber er wollte arbeiten und hatte sich deshalb nach Spiekeroog als Saisonkommissar schicken lassen. Arbeitete Liegengebliebenes ab, um wieder ins Gleichgewicht zu kommen. Um das Gefühl zu haben, nicht krank zu sein. Das Jahr davor war er zur

Unterstützung des Kollegen Jürgen Stadler auf Langeoog gewesen. Er hatte zwischen der Insel und Aurich gewechselt – es war ein spannendes und beruflich erfolgreiches Jahr geworden. Aber ohne Stadler hätte er manche Idee abseits des Polizistenalltags niemals durchsetzen können.

Auf Langeoog verliebte er sich in Sonja, die Köchin. Sie wurde von ihm schwanger, und teilte Nathan mit, dass sie nicht abtreiben würde. Damals konnte er sich nicht vorstellen, Vater zu werden. Es gab Auseinandersetzungen und Kränkungen. Nathan kümmerte sich ausschließlich um die Morde auf der Insel.

Ende April starb sein Vater. Wenige Tage darauf wurde Nele geboren. Dieses Enkelkind, auf das Otto Töwer sich so gefreut hatte.

Seit Neles Geburt hatte Nathan die Frage, ob er in seinem Alter – er war fünfundfünfzig geworden – noch ein guter Vater sein konnte, hinter sich gelassen. Er freute sich jeden Tag über seine Tochter und konnte heute solche Zweifel nicht mehr nachvollziehen.

Dieser Unfall … Er hatte am 31. Dezember nach Binz fahren wollen, um Sonja zu sagen, dass er sich inzwischen auf das Kind freue, einen Heiratsantrag hatte er ihr machen wollen – gute Vorsätze in der Silvesternacht. Eisglatte Straßen veränderten vieles.

Es wurden Operationen notwendig, Nathan blieb lange im Krankenhaus, er war mutlos und irgendwann glaubte er, dass das Ungeborene ihn beschwor, schneller gesund zu werden.

Nathan und Sonja zogen nach Neuharlingersiel. Sie

fanden zwei Wohnungen in einem Haus – eine ideale Lösung. Denn noch litt Nathan unter den Folgen seines Unfalls. Wenn er die daraus resultierenden Kopfschmerzattacken bekam, musste er allein sein.

Jetzt lag Sonja mit Grippe darnieder. Damit Nele sich nicht ansteckte, hatte Nathan das Baby nach Spiekeroog geholt. In seinem Apartment fand er allemal Platz für ein Baby. Wickeln, Baden, Fläschchen geben – das konnte er sehr viel besser, als er je geglaubt hatte. Warum sollte es keinen Kommissar geben, der auch mal den Kinderwagen durchs Dorf schob? Eigentlich blickte ihm zumindest fast jede Frau wohlwollend nach oder blieb gleich stehen, um Nele zu bestaunen und Nathan gute Ratschläge zu geben. Aber die, die wussten, dass er als Kommissar tätig war, für die schien seine Vaterrolle etwas Besonderes zu sein.

Als er den dunkelblauen Kinderwagen vor der *Speisekammer* am Westerloog abstellte, sah er drei Frauen neben dem Eingang stehen, die erst ihn ansahen und dann zum Kinderwagen blickten. Prüfend schaute er zurück und erinnerte sich, die Frauen auf den Plakaten, die überall aushingen, schon gesehen zu haben. Die treten doch im Kino auf, überlegte er.

Während des Einkaufs blickte Nathan durch die Fenster der *Speisekammer* und beobachtete, wie die jüngere, die mit den roten Haaren, sich über den Kinderwagen beugte. Schnell hatte er seine Einkäufe erledigt. Ging raus und war drauf und dran, die Frauen zu verscheuchen. Nachher hatte eine von ihnen Schnupfen und steckte Nele an.

»Darf ich Ihre Tochter ganz kurz auf den Arm nehmen?«, fragte die Hübsche, die Junge. Sie hörte sich sehnsüchtig an.

Er nickte. Nathan sah, wie sie die Kleine an sich drückte. Mit einer Handbewegung bedeutete er ihr, das Baby wieder in den Wagen zu legen. Hastig folgte sie seiner Aufforderung und streichelte Neles Wangen. Das Kind lächelte. Die Frau zog die Decke hoch, bis unter Neles Hals. »Ach«, sagte sie, »ich hätte auch gern ein Kind gehabt.« Sie griff nach dem Kinderwagen. Es sah aus, als wolle sie ihn schieben.

»Wir gehen schon mal vor«, sagten die anderen beiden Frauen und nickten Nathan freundlich zu.

Die Rothaarige stand immer noch da, hielt den Wagen und sah Nathan so bittend an, dass er seine Ungeduld, sein Unbehagen wegsteckte und widerwillig sagte: »Nun fahren Sie Nele schon ein Stückchen, wenn es Ihnen so wichtig ist.«

Er ging neben ihr und für Fremde mussten sie in diesen Minuten aussehen wie Vater, Mutter und Kind. Eine pummelige grellblonde Frau mit einem aufwändigen dunkelbraunen Kinderwagen kam ihnen entgegen, hielt an und fragte: »Wie alt isses?«

Auch das noch. »Vier Monate«, sagte Nathan.

Die Frau ließ ihren Wagen los, schaute in den anderen, »Ja, so hübsch wie meine Kleine. Die schläft gerade.«

***

Es klingelte an der Tür der Polizeistation.

Münster

1992 – 1993

11.

Patty Protzow wünschte sich ein Gespräch. Zu dieser Zeit arbeitete Lili längst im *Münsteraner Hof*. Als Mädchen für alles. Als Putzfrau. Als Bedienung. Nur nicht als Clown – da weigerte sie sich beharrlich, egal, wie Ferdinand auf sie einredete und darum bat.

Das würde sie nie ›vor die Säue werfen‹ – dann wäre sie nur noch sein nettes Maskottchen und ihr Ruf dahin. Lili überlegte beinahe jeden Tag, wie und wo und vor allen Dingen wann sie wieder auftreten könnte. Dass es schwierig würde, wusste sie. Schwieriger mit jedem Monat, der verstrich. Da war man raus aus dem Geschäft, es gab genügend andere, die gut waren.

Sie hatte sich sehr auf Ferdinands Bedürfnisse eingelassen. Er war sicher, dass sie vollkommen zu ihm passte. Lili begann zu ahnen, dass es nicht mehr lange dauern würde, bis er sie ganz in seine Finsternis hineinzog und nicht mehr loslassen würde. Sie wollte nicht wissen, was dann geschehen konnte. Ihren Wunsch wieder aufzutreten – nur nicht bei ihm – behielt sie für sich. Auch wenn es noch immer aussah, als würde sie ihm gehorchen und sich unterwerfen.

Er hatte sie so weit gebracht, dass sie sich für Alltägliches wie Geschirrtücher zu interessieren begann. Zehn Stück für 10,99 Euro. Sie sah sich auf seinen Wunsch hin nach Seifenspendern oder Mikrofasertüchern um. Sie interessierte sich für langweilig Nützliches und wenn ihre früheren Freunde sie so erlebt hätten – ›Gehirnwäsche‹, das wäre ihnen durch den Kopf gegangen. Wie konnte eine bis dahin lebensfrohe, erfolgreiche und apart aussehende junge Frau, die in guten Häusern, im Zirkus oder auf Schiffen gearbeitet hatte, sich sonst derart verändern? Eine Frau, die bisher immer nur kurz an einem Mann genascht hatte, am Verliebtsein, das sie noch nie zuvor traurig gemacht hatte. Bisher schenkte sie ihren Zuschauern Illusionen und Träume. Und jetzt putzte sie im *Münsteraner Hof* bei Ferdinand Protzow und wirkte wie ein freundlicher Zombie.

***

Die Arbeit war anstrengend. Oft beeilte sie sich, schnell fertig zu werden, um raus zu können, um Freiheit zu ahnen, die es nicht mehr für sie gab.

Einmal wurde sie von einem Gast herablassend behandelt. Selbstbewusst sagte sie: »Sie möchten die Toilette benutzen? Aber gerne, nur zu. Bitteschön.« Dem Verdutzten stellte sie den Eimer vor die Füße, drückte ihm Lappen, Handschuhe und Bürste in die Hand. »Sie möchten sicher in ein sauberes Becken pinkeln? Vorher und nachher säubern. Und trocken nachwischen, bis alles glänzt. Aber das machen Sie schon, so, wie Sie ausschauen.« Dazu lächelte sie fein. »Wenn Sie nicht zurechtkommen – ich bin nachher bei Ihnen am Tisch und erkläre gern, wie es geht.«

***

Noch glaubte Lili, dieses Verhältnis mit Ferdinand sei Liebe. Oder wollte es glauben. Und warum soll ich ihm nicht helfen, hieß die Entschuldigung, die sie sich selbst gegenüber immer häufiger vorbrachte. Er war ein gut aussehender Mann, sie waren ein attraktives Paar. Er hatte eine geschmackvolle Lässigkeit und seine Stimme brachte auch heute noch ihren Magen zum Flattern. Seine tiefe, satte, seine manches Mal eisige und fast drohende Stimme übte einen nicht erklärbaren Zauber auf Lili aus.

***

Patty Protzow hatte die Scheidung eingereicht. Erklärte ihrer Nachfolgerin, dass sie schon lange nicht mehr an Ferdinand hinge und mit den Kindern nach Hannover ziehen würde. »Endlich«, seufzte sie und wirkte erleichtert. »Du kamst zur richtigen Zeit, du hast mich gerettet.« Beim Auseinandergehen sagte sie auch: »Lass dich bezahlen, wenn du schon die Putzsklavin für ihn machst ... Warum fällst du auf diesen Mann rein? Merkst du nicht, was mit ihm los ist, gerade so eine Frau wie du? Gerade du? Ich verstehe es nicht.«

Das alles wollte Lili nicht hören.

***

Lilis geliebte Tante Hetty wurde sehr krank. Sie besuchte die alte Dame und gleichzeitig auch ihre Eltern. Die allerdings legten keinen Wert auf Ferdinand. Als sie von Lili hörten, dass er verheiratet sei, wollten sie ihn nicht kennenlernen. In dieser Situation sagte Ferdinand: »Gleich nach meiner Scheidung heiraten wir. Lili Protzow – wie findest du das?«

Seine Augen leuchteten dabei wie Warnlichter.

12.

Jörgensen ging zur Tür. Ein kräftiger Regenschauer fegte über die Insel. Dunkle Wolken wurden von einem böigen Wind zusammengetrieben.

Als er öffnete, stand eine Frau im Eingang. Was wollte sie? »Kommen Sie rein, sonst sind Sie gleich völlig durchnässt.« Ich habe keine Zeit, dachte er, fragte aber höflich: »Wie geht es Ihnen?«

»Danke, beinahe bestens«, sagte Lili. »Finden Sie nicht auch, dass Inseln wie Spiekeroog an manchen Tagen Unheimliches an sich haben, diese war doch früher ein Piratenversteck ...«

»Das ist aber gute fünfhundert Jahre her«, warf Jörgensen verblüfft ein. »Wollen Sie sich mit mir über Spiekeroogs Geschichte unterhalten? Da gehen Sie besser in unser Inselmuseum. Ich muss arbeiten, Frau ...?«

»Jedenfalls ist mir Unheimliches geschehen, Sie brauchen nicht zu gucken, als ob ich ... Bin ich nicht. Guten Morgen. Mein Name ist Lili Stern.«

Dabei schüttelte sie die Kapuze herunter, wuschelte das Haar durch und schaute Ulf Jörgensen an.

»Warte mal!«, hörten sie. Über den Tranpad eilte Mia auf sie zu. »Was passiert? Wieder stinkende Rosen?« Sie guckte erst Lili, dann den Polizisten an. »Ich komme vom Hauptstrand, habe Katinka gesucht, ich dachte, wir wären dort verabredet gewesen. Muss ich mich wohl geirrt haben.«

Jörgensen seufzte. Frauen brachten nur Probleme mit sich … Auch diese. Sicher. »Kommen Sie schon rein, wir müssen ja nichts an der Tür besprechen.«

Das mit den Rosen überhörte er. Möglich, dass Lili Stern ›fishing for compliments‹ einsetzte, damit ja alle wussten, dass sie Blumen von unbekannten Verehrern erhielt. Wen interessiert es? Außerdem war die Frau bestimmt über dreißig. Zu alt für einen Mann wie mich, dachte er. Und deren Geschichten will ich nicht hören. Was bezweckt sie damit?

Mias Gesicht war rot vom scharfen Wind. Im Flur klappte sie den Schirm zu, stellte ihn ab und gab der Tür mit dem Fuß einen Schubs. Ging hinter Lili her, die ihrerseits hinter Jörgensen ging, der sie nach ein paar Schritten bat: »Hier geht's rein.«

Nathan kam aus dem Nebenzimmer heraus, das eigentlich als Vernehmungsraum diente, jetzt aber für Nele reserviert war. Das Baby schlief. Morgen wollte er seine Tochter wieder zu Sonja bringen, der es inzwischen besser ging. Hatte sie ihm jedenfalls gesagt. Für morgen war das Wassertaxi geordert. Die *MY Spiekeroog Express* würde gegen elf Uhr nach Neuharlingersiel fahren. Das Taxi brauchte für die Überfahrt nur eine Viertelstunde. Der Kinderwagen blieb hier, Sonja besaß einen zweiten. So musste nicht ständig großes Gepäck hin und her verschifft werden. Es kostete auch extra.

Am Nachmittag wollte er das Immobilienbüro aufsuchen und sich nach deren Bauplänen erkundigen. Er hatte vor, sich als Kunde auszugeben. Wenn ihn von den Mitarbeitern jemand erkannte, machte das nichts. Auch ein Kommissar durfte an Eigentum denken.

Er drehte sich um. »So sieht man sich wieder!«, und gab den Frauen die Hand. »Es ist Ihnen doch wohl nichts gestohlen worden?«

»Wohnen Sie auf der Insel?«, fragte Mia.

»Hier ist mein Zweitwohnsitz.«

»Und wie versorgen Sie das Baby, haben Sie eine Kinderfrau?«

»Das mache ich. Das kann ich gut. Nele liegt im Zimmer nebenan und schläft.«

Nathan setzte sich auf den Stuhl vor seinem Schreibtisch. Das Bein schmerzte und er versuchte, diese Qual zu ignorieren, und ermahnte sich, nicht wehleidig zu sein.

Seit dem Unfall überfiel ihn an manchen Tagen eine große Angst vor dem Sterben. Nicht vor dem Tod. Früher war er solchen Gedanken ausgewichen. Früher hatte er auch bei Ermittlungen in einem Mordfall den jeweiligen Angehörigen eher verlegen kondoliert und danach seine Arbeit wieder aufgenommen. Heute würde er anders handeln, wenn er je wieder in so eine Situation geraten würde. Jetzt war er froh, nur Bagatelldelikte aufklären zu müssen.

***

Am liebsten hätte Ulf Jörgensen die Besucherinnen wieder hinauskomplimentiert. Lili Stern erzählte weiter von Rosen.

Der Polizist saß auf seinem Drehstuhl und wippte mit den Füßen, spielte mit einem Kugelschreiber und malte Figuren auf einen Spiralblock.

Endlich sagte Lili den Grund ihres Kommens. Der kam Jörgensen ziemlich albern vor. Aber – er konnte sich nicht vorstellen, dass eine Frau wie sie mit Kinkerlitzchen angerannt kam. Andererseits: Tickten Clowns womöglich anders?

***

Katinka wartete schon seit einer halben Stunde im *Inselcafé* auf Mia. Sie warf einen Blick auf die Uhr und als nach einer Stunde weder Mia noch Lili erschien, wurde sie ärgerlich.

Inzwischen regnete es. Gelangweilt betrachtete Katinka den Bastkorb, in dem noch Brötchen lagen, und den Käse, der von einer Tomatenhälfte und Petersilienfitzelchen durchweicht wurde. Sie schob die Erdbeermarmelade und den Rest Butter zur Seite, griff nach dem Kännchen und goss sich Kaffee ein. Sie nahm einen Schluck und beobachtete dabei Gäste, entdeckte an einem Tisch einen Mann, bei dem ihr Blick länger hängen blieb, bei dem sie dachte, der sieht ja fantastisch aus. Dieses gut geschnittene Gesicht und diese Augen …

Ihm gegenüber saß eine blonde kleine Frau im rosafarbenen Pullover. Auf dem Strickteil glänzte ein rosa

Glitzerfisch. Neben der Frau stand ein dunkelbrauner Kinderwagen mit pinkfarbenen Streifen.

Schnell blickte Katinka woanders hin, packte ihr restliches Frühstück ein und steckte es in den Rucksack. Durch den Regen wollte sie noch nicht und beobachtete die Gäste mit großem Vergnügen weiter.

Heute Abend war die zweite Vorstellung. Geprobt hatten sie schon früh am Morgen. Wieder übte sie ihren Part und bewegte dabei die Lippen.

»Was spricht die Frau da?«, fragte ein Junge.

»Still, Klein-Eduard.« Man konnte sehen, dass die Frage der Mutter unangenehm war.

»Oder ist sie …?«, fragte der Junge jetzt laut. »Ist sie so eine wie der Onkel Ferdinand?«

»Schscht.«

»Sag doch!«, quengelte der Junge. »Ist die so verrückt wie Onkel Ferdinand? Du hast zu Papa gesagt, der ist verrückt. Lass mich los. Du tust mir weh. Das sag ich Papa.« Jetzt kreischte der rothaarige Bengel in einer unangenehmen Tonlage. Alle drehten sich zu ihm um und er schien die Aufmerksamkeit zu genießen. Aus den Augenwinkeln heraus schielte der ungefähr Sechsjährige zu den Gästen rüber. »Wie Ferdinand?«

»Was hat dein Onkel denn?«, fragte eine Dame, die eine Schirmmütze aufhatte.

»Der ist mal so«, dabei hopste Klein-Eduard hoch, »und mal so.« Dabei ging er in die Knie und versuchte, ein trauriges Gesicht zu machen. »Der wohnt woanders als wir. Wo wohnt der, Mama?«

»Lass das Herumhampeln und zieh dich an«, sagte

die Mutter. »Wir gehen ins Museum.« Sie drückte der Bedienung einen Schein in die Hand und verließ mit dem Jungen das Café.

***

Katinka grinste. Sie wusste auch nicht, warum ihr gerade ein Kreisler-Song durch den Kopf ging. Adelheid warf ich in die Donau, gleich nach Dürnstein, niemand hat's gesehen. Und auch sie wird mir verzeih'n, denn grad bei Dürnstein ist die Donau doch so wunderschön …

Auf jeden Fall war ihr nach den Fragen dieses kleinen Jungen nach bösen Liedern. Auch wenn Adelheid und kein fetter Klein-Eduard besungen wurde.

Und noch etwas fiel ihr ein. Heute war Friedrichs Todestag – und sie hatte den Tag zum ersten Mal vergessen. Ihr Mann war vor vielen Jahren im Mittelmeer ertrunken. Deshalb reiste sie nie wieder in südliche Gefilde. Aber bisher hatte sie jedes Jahr eine Kerze aufs Wasser, meist in die Nordsee, gesetzt.

Wie viele Reisen hatten sie zusammen gemacht! Und nun ging es nur noch an die Nordsee. Jetzt gab es die *Witwenlust* und selbst das nächste Jahr war schon gut vorgebucht. Es begann sich zu rechnen … Und sie fand wieder einmal, dass Lili für die *Witwenlust* eine großartige Ergänzung war.

Sie zog ihr altes, klobiges Handy hervor. Katinka wollte weder ein Smartphone noch sonst eins der modernen Geräte. Die hatten so elende winzige Tasten. Nä. Dat ist nix für mich.

Sie wählte Mias Nummer und hatte die Freundin schnell dran. »Wo steckst du eigentlich? Ich warte seit einer Ewigkeit im Café auf dich.«

»Oh. Tut mir leid. Entschuldige bitte. Ich bin mit Lili im Polizeibüro. Wir kommen aber gleich.«

***

Leider legte Mia schnell wieder auf und Katinka konnte nicht mehr fragen, was macht ihr denn da? Sie überlegte, ob Mia womöglich bei einem Ladendiebstahl erwischt worden war. Manchmal steckte die Freundin, wenn sie über neue Texte nachdachte, schon mal Kleinigkeiten während des Einkaufens ein. »Dann warte ich noch«, sagte sie leise. »Ich möchte es zu gerne wissen.« Aus Langeweile schnupperte Katinka an ihrem Handgelenk. Ihr Eau de Toilette hatte einen unaufdringlichen Duft. Manche Leute sagten, man würde so ab sechzig unangenehm zu riechen beginnen, man würde dann nach Fäulnis und Tod stinken. Sie hatte gelesen, dass sich im Alter die Hautchemie und die Produktion der Hormone veränderten. Ist wegen der Sexhormone, dachte sie, dann riecht man anders. Aber deshalb stinkt Frau doch nicht!

Das Thema beschäftigte sie. Deshalb hatte sie vor ein paar Tagen die Freundinnen gebeten: »Riecht mal.« Als Lili scherzhaft feststellte, »Erdig, meine Liebe, ganz erdig, ein bisschen nach Gruft«, war Katinka wütend gegangen.

Wenn die beiden jetzt nicht kommen, gehe ich.

Sie blätterte den Katalog vom *Immobilienglück* durch.

Darüber wollte sie unbedingt mit Mia sprechen. Sie hatte schon bei der Firma angerufen, aber niemanden erreicht.

Jetzt isses aber gut. Hab keine Lust mehr, mir den Hintern platt zu sitzen. Begucke ich mir eben das Inselmuseum. Ein bisschen über Spiekeroog zu erfahren, ist ja nicht ganz verkehrt. Wenn ich erst mal hier wohne …

Inzwischen hatte sie sich auf diese Möglichkeit eingestellt und war innerlich schon am Packen und Aussortieren.

Wenn Mia mitmacht, wäre das großartig. Und vielleicht, überlegte sie weiter, können wir Lili auch dazu überreden. Denn wir sollten nah beieinander wohnen. Wegen des Übens. Wegen der Auftritte. Wegen der Freundschaft.

Katinka las die Broschüre noch einmal. Klappte sie wieder zu. Viel steht ja eigentlich nicht drin. Ist alles nur Wortgeklapper.

Eigentlich hätte sie gehen können. Entspanntes Trödeln machte ihr Spaß. Fast so wie diese Morgen-Soap *Rote Rosen* in der ARD. Das war nicht nützlich, aber Katinka hatte schon vor Wochen befunden, sie müsse nicht ständig Nützliches tun. Neben dem Kabarett schrieb sie regelmäßig Glossen für Zeitungen und Rezensionen. Sie schrieb Geschenkbücher mit erbaulichen Lebensweisheiten und die liefen verdammt gut.

Verblüfft hörte sie: »Wie entzückend, was freut es mich, liebe, verehrte Frau Koselowsky …«

Watt en Schmalzgedöns! Katinka roch *Tabac*. Das möffkert ja wie Torrianis *Der Goldene Schuss*. Dann blickte sie hoch und begann flach zu atmen. *Tabac* … Nein!

***

Inzwischen wirkte Lili auch auf Nathan hysterisch. Ist die Frau gleich fertig mit dem langatmigen Erzählen? Er wandte den Kopf zur Seite und lauschte. Nele schien noch zu schlafen.

Auch Jörgensen hörte nur mit einem Ohr zu, was Lili noch zu berichten hatte. Dabei dachte er an die Einladung seines Feriengastes zu Perlhuhn auf Nudel-Jungkohlbett. Seine Speicheldrüsen produzierten heftig, ihm rutschte ein »Lecker« heraus, und Nathan fragte sehr erstaunt: »Frau Stern, Sie haben eine was – ?«

Während Mia, die sich auf die schon fast ausverkaufte Vorstellung freute, diskret zwei Freikarten auf den Schreibtisch legte, sagte Lili es noch einmal: »Ich habe eine besonders ausgeprägte Bienenphobie. Haben Sie noch nie davon gehört?«

13.

Während Lili mit stockender Stimme erklärte, dass sie beim Anblick von Bienen, Wespen oder Hornissen Panikattacken, Luftnot und Schwindelanfälle bekam, brach ihr beim Sprechen für alle sichtbar der Schweiß aus. »Sie können das nicht nachvollziehen. Polizisten haben ja keine Angst.« Sie versuchte ein mühsames Lächeln. »Heute fand ich – als ich vom Brötchenholen zurückkam – in meiner Ferienwohnung ein aufwändig verpacktes Päckchen vor. Wie das überhaupt in das Zimmer kam, ist mir schleierhaft. Auf dem Papier klebten glitzernde rote Herzchen. Ich war neugierig, und öffnete es … Das Auspacken wurde spannend, immer noch eine Lage feines Seidenpapier und dann …

»Und dann?«, fragte Jörgensen.

»Wickelte ich ein Stück Pappe aus. Alles ganz harmlos – wäre nicht mitten drauf eine Biene gewesen, die jemand mit einem dünnen Nagel daraufgespießt hatte.«

»Alles nicht so schlimm«, sagte Mia. »Die war doch tot, Lili!«

»Schlimm – die Frage stellst du dir nicht, wenn du Angst hast. Du siehst nur das aufgespießte Insekt und fragst dich, warum macht ein Mensch das?« Lili wischte sich mit dem Handrücken feinen Schweiß aus dem Gesicht.

Zum Erstaunen der Anwesenden sagte Nathan, dass

er eine Zeitlang Horror vor Spinnen gehabt hatte. »Irgendwann habe ich mich mit den Tieren intensiv beschäftigt – und jetzt ist die Angst vorbei.«

»Bei mir aber nicht.« Lili kreischte. »Ich habe Angst!«

»Nehmen Sie sich jetzt aber mal zusammen! Das ist doch kindisch, was Sie hier veranstalten.« Ulf Jörgensen schlug mit der zur Faust geballten Hand auf den Schreibtisch. »Wenn Sie einen Arzt brauchen … am besten jemanden von der psychologischen Fraktion. Bienenphobie! Davon habe ich noch nie gehört.«

»Aber wer macht denn so etwas?«, fragte Lili. »Wer verpackt eine Biene für mich? Bis auf meine Vermieterin hat doch kein Mensch einen Schlüssel für die Ferienwohnung. Und reingeflogen ist das Biest ja nicht von allein«, schloss sie ihre Ausführung endlich wieder mit einem Hauch von Sarkasmus. »Selbst wenn ich diese Angst nicht hätte – das Ganze ist abstrus, oder ist das eine Art Inseltaufe?«

»Das kann nur jemand sein, der Sie und Ihre Phobie kennt.« Nathan Töwer blickte Lili nachdenklich an, dann betrachtete er forschend Mia. »Oder ein Gast hat seinen Schlüssel behalten – nein, das macht auch keinen Sinn, woher sollte er wissen, dass Sie …«

»Es wäre gut möglich, dass Sie nicht abgeschlossen haben«, warf Jörgensen ein. »Rufen Sie Ihren Mann an, damit er herkommt und Sie beruhigt. Dann brauchen wir es nicht … Wir haben nämlich zu tun.«

»Ich bin nicht verheiratet.«

»Aber einen Freund werden Sie wohl haben? – Ist auch egal«, schob er schnell nach, denn Lilis Gesicht wurde von Verlegenheitsröte überzogen. »Solche Dinge können passieren und treffen zufällig eine Person, die es angehen könnte. Wie bei Ihnen.« Bei sich dachte er, die Frau braucht einen Mann, dass ist alles.

»Haben Sie jemanden auf der Insel kennengelernt?«, fragte Nathan.

»Nein. Nur unsere Katinka, die Frau Koselowsky, hat hier schon einen Verehrer …«

»Was Frau Koselowsky macht, interessiert jetzt nicht.« Nathan stand auf. »Ich setze eben einen Tee für uns auf und dabei gehen wir alles – auch die Angelegenheit mit den Rosen – noch einmal ganz in Ruhe durch.«

»Lass, ich mach das schon«, sagte Jörgensen.

Der Tee dampfte. Mia tätschelte Lilis Hand und schnaufte beschwichtigend. Sie fühlte sich von jenem Zwang befreit, jetzt etwas sagen zu müssen. Wenn, wären es Fragen gewesen. Viele.

Denn Lili hatte an manchen Abenden aus ihrer Vergangenheit erzählt. Vom Zirkus, von Münster und von Ferdinand Protzow. Mia hatte mit Katinka darüber gesprochen und sie fanden die Beziehung eher bizarr. »Ist doch krank«, hatte Katinka festgestellt. »Sich beim Lieben prügeln zu lassen!« Wer von beiden die Affäre beendet hatte, wussten die Freundinnen nicht.

Mia hatte alles, was sie bis jetzt über Lilis Leben wusste, aufgeschrieben, ausgedruckt und mitgebracht. Nach der letzten Vorstellung wollte sie mit Katinka diese Teil-Biografie Lili überreichen.

***

Nathan stand auf. »Ich muss nach Nele schauen. Die schläft heute aber lange!«

***

Aschgrau im Gesicht kam er rasend schnell zurück. »Sie ist weg. Weg, weg! Meine Tochter ist mitsamt dem Kinderwagen verschwunden!«

Spiekeroog

Mittwoch, 21.September

14.

Ist das nicht der eigenartige Mensch aus dem Kino?, überlegte Katinka. Was will der von mir? Ich kenne ihn doch gar nicht. Was tut er so vertraulich. Der ist bestimmt verheiratet und will auswärts säuseln.

Generell hatte sie nichts dagegen, sich einmal wieder zu verlieben. Dieses Wahnsinnsgefühl machte jung, die Haut wurde glatt und auch die Seele. Aber mit diesem Mann hier wollte sie solche Gefühle weiß Gott nicht teilen. Sie war vorsichtig geworden. Vor Monaten hatte sie im Internet über das Portal *Silver and Love* einen Mann kennengelernt. Als sie ihn am Bahnhof aus dem Zug kommen sah, dachte sie, der ist es. Er sagte nach einer Stunde: »Mir geht es genauso wie dir.« Allerdings hielt die Magie nur ein Wochenende lang, und genau genommen nicht einmal ein ganzes. Das übersah Katinka und sie wartete auf Anrufe und SMS. Zweimal rief er noch an. Sagte, sie sei eine wunderbare Frau, er habe sich in sie verliebt.

Danach kam nichts mehr. Katinkas Gedanken aber kreisten in der Zeit nur noch um diesen Mann, sie war besessen, sie glaubte, das Telefonklingeln zu überhören, ging mit Hörer, mit Handy aufs Klo, ins Bett, sie starrte Stunde um Stunde aufs Display. Katinka konnte nicht essen und auch nicht schlafen. All das nützte ihr überhaupt nichts. Dieser Mann hatte sich nie mehr gemeldet.

Mitten in diese Erinnerung platzte der Mann aus dem Kino mit den Worten: »Darf ich mich zu Ihnen an den Tisch setzen?«

Und schon saß er.

Katinka hielt verblüfft die Luft an. Sein Geruch war jetzt ganz nah. *Tabac*. Früher hatte ihr Mann dieses Wässerchen benutzt. Die Geruchsnote von Ambra, Moschus, Nelke und Sandelholz passte überhaupt nicht zu diesem dicklichen Mann mit dem Schnurrbart. Ihr Kopfkino hatte *Tabac* und ihren Ehemann zusammen gespeichert. In Verbindung mit einem anderen fand sie das Aftershave abstoßend.

Und schon tauchten alte Bilder auf. Von den ersten förmlichen Besuchen bei den Schwiegereltern, die sich mit altbackenem Undefinierbarem und *4711* benetzt hatten, sie schmeckte klitschigen Apfelkuchen, sie hatte den Geruch nach Ungelüftetem, nach altem Schweiß, nach dem Essen der letzten Woche in der Nase. *Tabac* roch für Katinka nach muffiger Enge.

Und jetzt war der Geruch, den dieser Mann vor ihr ausströmte, alt. Gnadenlos alt. Und wies auf ihre zweiundsechzig Jahre hin.

Das muss nicht sein. Überhaupt, wann ist man alt? Gehören Schmerzen in der Hüfte dazu? Schlaflosigkeit? Nächtliche Wege zur Toilette? Himmel, wo bleiben Mia und Lili und erlösen mich von diesem *Tabac*-Übel?

Schon hörte Katinka: »Sehen Sie, jetzt trinken wir doch eine Tasse Kaffee zusammen!« Er bestellte. »Darf ich Sie einladen?«

»Dürfen Sie nicht. Einen Kakao für mich, bitte!« Eigentlich war sie nicht so schroff. Der Typ hatte ihr nichts getan. Aber sie konnte diesen Geruch nicht ertragen.

Während sie auf ihre Getränke warteten, entdeckte der Mann den Immobilien-Prospekt, griff danach und blätterte. »Ja, das freut mich jetzt aber. Sie interessieren sich auch für Immobilien? Ich habe die Firma schon vor einiger Zeit kontaktiert. Großartige Projekte, die die planen. Ganz großartig! Es soll wohl noch nicht öffentlich werden, teilte mir der Geschäftsführer, ein Herr Lachnit, mit – es wäre gerade genügend Unruhe im Spiekerooger Gemeinderat wegen einer anderen Angelegenheit. Das soll mir egal sein, im Frühjahr fangen sie jedenfalls an.«

Katinka hörte zu. Sie fand, dass die Stimme nach einem antrainierten Selbstbewusstsein klang. Seine Stimmfarbe hatte was von einem Modeschmuckbrilli. Der soll sich nicht aufbrunzen … Wie ich diese klebrige Kurort-Höflichkeit hasse.

Kaffee und Kakao wurden gebracht. Die Luft im Café war warm und dick. Niemand dachte daran, ein Fenster zu öffnen.

Interessant, stellte Katinka fest. Vielleicht hat er gute Beziehungen zur Geschäftsleitung. Nur deshalb bleibe ich hier sitzen. Der Mann hat ja einen schiefen Schnäuzer! Sie blickte ihr Gegenüber kritisch an. Vielleicht kann er sich nicht richtig rasieren. »Ich sehe mich momentan nach einer Eigentumswohnung auf der Insel um. Neuharlingersiel käme allerdings auch in Frage.«

»Haben Sie schon mit *Immobilienglück* Kontakt aufgenommen?«

»Ja.«

»Und?«

»Leider konnte ich nur dem AB meine Vorstellungen und Fragen mitteilen.«

»AB?«

»An-ruf-be-ant-worter!« Kapiert der Mensch keine gängige Abkürzung?

»Versuchen Sie es doch noch einmal. Übrigens, gibt es für heute Abend noch eine Karte für mich?«

»Aber – Sie haben uns doch schon gehört?«

»Liebe Frau Koselowsky, ich möchte Sie gerne noch einmal in ihrem entzückenden Badedress betrachten dürfen.«

»Nun ist's aber gut.« Katinka wollte nicht, dass er sich die Vorstellung ein zweites Mal ansah. »Ich bin nicht Ihre ›Liebe‹ und reden Sie normal mit mir. Das halte ich so nicht aus, Herr …?«

»Weiland.«

»So. Wäre das nun geklärt. Und – was wollen Sie eigentlich von mir?«

Er beugte sich vor.

Tabac.

Katinka lehnte sich weit zurück.

Er räusperte sich. »Sie haben so etwas Gewisses …«

»Wat soll dat denn nu wieder sein?«

Er senkte den Kopf. »Ach. Vergessen Sie meine unbedachten Worte. Aber kurz noch mal zu den Wohnungen – wenn ich etwas dazu sagen darf.«

Sie nickte gnädig. Die Sache interessierte sie ja. Katinka wollte auch für Mia mithören.

»Ich habe mich entschlossen, eine davon zu erwerben. Erst wollte ich hier auf der Insel, aber gerade das Projekt in Neuharlingersiel bietet ganz besonders attraktive Konditionen. Letzte Woche habe ich schon einen Teilbetrag angezahlt. Wissen Sie«, fuhr er fort, als er merkte, dass Katinka jetzt aufmerksam zuhörte, »alle Interessenten, die bis zum einunddreißigsten Oktober ein Drittel der Verkaufssumme anzahlen, bekommen auf ihre Wohnung fünfzehn Prozent Preisermäßigung und die Maklergebühren erlassen. Das rechnet sich schon.«

»Ich verstehe nur nicht, warum die Firma so was anbietet? Werden sie die Wohnungen nicht los?«, fragte Katinka.

»Warum weiß ich nicht. Ich bin ja nur ein Kunde, einer von vielen. Jedenfalls gibt nur noch wenige freie Wohnungen ...«

»Erst einmal muss ich mir diverse Wohnungen ansehen oder die Grundrisse. Ich will ja nix Großes. So zwischen fünfzig bis siebzig Quadratmeter. Entweder mit Terrasse oder Balkon. Und möglichst barrierefrei – ich denke schließlich an später ... Meine Freundin ist auch interessiert. Und dann möchte ich wissen, wen ich dann als Nachbarn hätte. Ich brauche keine Nachbarn, die nur taxieren – weil ich zum Beispiel kein Auto mehr habe, keine beheizbare Klobrille oder nicht zehn Mal im Jahr sonst wohin zum Langweilen reise.«

»Sie sind aber aggressiv. Vielleicht gibt es noch freie Wohnungen in der gewünschten Größe. Ich – ich meine …« Weiland schien zu überlegen. »… dass die Spiekerooger Immobilie, die umgebaut wird, barrierefrei werden soll … Zumindest habe ich es so verstanden. Etliche Kunden haben schon angezahlt und ihre Vorverkaufsverträge abgeschlossen. Und die Sache mit den Nachbarn – machen Sie sich keine Sorgen, die Käufer sind alles honorige, ordentliche Leute …«

»Woher wissen Sie das alles? Sie sind doch nur ein Kunde. Die Verkäufer können viel erzählen. Die wollen verkaufen. Auf mich klingt das alles, als wären *Sie* ein Vertreter der Firma. Lassen Sie es gut sein, ich kümmere mich selbst.« Katinka stand auf. »Sieht so aus, als wolle ich hier die Zeit vertrödeln. Wiedersehen.« Sie ging zur Kuchentheke, zahlte und gerade, als sie die Tür aufzog, standen Mia und Lili vor ihr.

15.

Während Nathan in rasender Eile die Polizeistation und alle dazugehörenden Räume durchsuchte, sein Bein durch die Belastung unerträglich schmerzte, er zwei Tabletten nahm, hatte Ulf Jörgensen das Dienstfahrrad samt Anhänger, auf dem in großen Buchstaben *Polizei* stand, geschnappt. Er suchte auf dem Tranpad, suchte an und hinter jedem Haus, bis keins mehr kam. Der Tranpad war lang – was folgte, war Gras, Heide und Sand.

Im Haus fand Nathan nichts. Nirgends. Es war, als wäre seine Tochter nie hier gewesen. Sein Herz raste, er konnte nicht begreifen, dass Nele nicht mehr in ihrem Zimmer war. Niemand anderes als Lili und Mia waren in der letzten Stunde als Besucher dagewesen. War die Haustür offen geblieben? Darüber konnte er nicht nachdenken. Er durchsuchte das Grundstück. Er wurde immer langsamer, weil er sein Bein nachzog und die Tabletten erst wirken mussten. Mit brüchiger Stimme sagte er zu sich: »Nele … du weinst doch sonst, wenn du wach wirst. Warum hast du nicht geweint oder gebrüllt?« In sein Entsetzen hinein tauchte das Bild seines Vaters auf. Nathan hatte das Gefühl, der alte, gütige, der listige Otto hielte seine Hand schützend über ihn.

Wieder ging Nathan in das Zimmer, in dem Nele

geschlafen hatte. Versuchte, ruhig zu werden und den Raum neu wahrzunehmen. Ging zu jener Stelle, an der der Kinderwagen gestanden hatte. Sah auf den Linoleumboden. Bückte sich, fuhr mit dem Finger darüber, ob er auf diese Weise Spuren ertasten könnte. Stand auf. Es war die Sache der Kollegen, wenn, würde die Spurensicherung etwas finden. Aber nein, das ist doch kein Tatort!, wies Nathan sich zurecht.

Er hatte sicher einige Spuren vertrampelt, verwischt. Und es war ihm egal.

Nathan schloss die Augen, weitete die Nasenflügel und schnupperte. Es roch sanft und angenehm nach Baby, nach Puder und Creme, die auf der provisorischen Wickelablage standen. Er konzentrierte sich aufs Äußerste. Er konnte seit seinem Unfall besonders gut Gerüche orten und analysieren. Es roch auch nach Kinderwagen, nach Kunststoff und den gummibereiften Rädern. Und dazwischen war etwas anderes. Ganz schwach, aber es war vorhanden. Dieser Geruch, der gehörte nicht zu seiner Tochter.

Jetzt versagte seine Nase. Wie immer, wenn er intensiv und angestrengt mehrere Minuten einen Geruch aus einem anderen herausfiltern wollte.

***

Ungefähr in einer Stunde würde Nele Hunger bekommen. Die Fläschchen standen im Kühlschrank. Wenn seine Tochter hungrig war, schrie sie, laut und ohne Ende. Dann würde man sie doch hören? Wieder humpelte er nach draußen, nahm sich das zweite Rad und radelte zum Slurpad, fuhr an der Strandhalle vorbei, hielt, fragte Passanten, klingelte bei Nachbarn, fuhr um die paar Häuser, die hier standen, alles war übersichtlich und nirgends ein Baby, das weinte.

Tagesgäste wanderten fröhlich an ihm vorbei.

Nathan sah Ulf Jörgensen heranradeln. Als er stoppte, rann ihm der Schweiß von der Stirn. Nathan sah ihm an, dass die Suche vergeblich gewesen war.

»Wir finden sie! Glaubst du, auf dieser kinderfreundlichen Insel geht ein Baby verloren?!«

»Vielleicht gerade deshalb?«

»Ach was. Die Nele, die ist nicht weg. Das fühle ich«, sagte Jörgensen mit Bestimmtheit. »Wir fordern gleich einen Hubschrauber mit Wärmebildkamera an. Wenn Nele nicht doch hier in der unmittelbaren Umgebung abgestellt wurde …«

»Es kann sie auch eine verhinderte Mutter mitgenommen haben.«

»Wie? Denkst du etwa an unsere Besucherinnen?«, fragte Jörgensen.

Nathan schüttelte den Kopf. »Eher nicht.«

»Alles ist möglich. Das weißt du auch. Vielleicht Frau Stern mit ihrem Bienentick? Nachher hat sie eine nie erfüllte Sehnsucht nach einem Baby und hat uns die Phobie nur vorgeheult, um uns abzulenken? Und die dritte, die Koselowsky, hat sich reingeschlichen? Das wäre denkbar.«

»Ulf, du hast doch beide Frauen zur Tür gebracht und verabschiedet …«

»Augenblick mal.«

»Warum?«

Jörgensen nickte. »Mann, ich hab's – die Haustür war nicht zu. Ich wollte sie nämlich für die beiden öffnen, als sie gingen. Dabei habe ich gemerkt, dass sie nur angelehnt war. Natürlich hab ich mir nichts dabei gedacht.«

»Während wir die Bienen-Lady beruhigten, muss jemand reingekommen sein. Du kannst recht haben, möglich wäre die Frau Koselowsky. Die Tür zum Büro war ja zu ... Wenn einer oder eine leise ist, hört man nicht, wenn eine fremde Person ins Haus schleicht. Dazu mit Gummisohlen oder Turnschuhen ... Aber – wer wusste denn, dass Nele, dass überhaupt ein Kleinkind im Hause war und in welchem Raum es sich befunden hat? Das konnte die Koselowsky auch nicht wissen. Niemand konnte das wissen. Ich jedenfalls habe mit keinem darüber gesprochen.« Nathan stützte sich auf der Stuhllehne ab. Er keuchte und war schweißig und grau im Gesicht.

»Lass uns noch mal alles durchgehen, Nathan. Die drei Künstlerinnen haben dich draußen mit Nele gesehen. Gestern hatte Frau Stern sie doch auf dem Arm und danach ein Stück weit den Wagen geschoben. Du warst ja dabei und gingst neben ihr ... Ich war ja hinter euch, hatte auch schnell noch was eingekauft. Wenn die Frauen da längst eine Entführung geplant hatten? Wahrscheinlich hast du dich über deine Tochter ausfragen lassen – junge Väter erzählen gerne, wenn man sie bewundert und noch lobt.«

Nathan starrte den Kollegen an. »Nein. Das passt alles nicht. Was sollen die Entertainerinnen mit einem Baby?«

»Dafür kann es genügend Gründe geben. Wir wissen nicht, was gerade diese Frauen beim Anblick eines Kleinkindes empfinden! Können nicht irregeleitete Gefühle hochkommen? Wir wissen nicht, ob eine von ihnen ein Kind hat – oder nie eins bekam«, sagte Jörgensen, »und unbedingt eins haben will, total darauf fixiert ist …«

»Nein. Daran glaube ich nicht. Die Stern, die Lehmann und die Koselowsky interessieren sich nur für sich selbst.«

»Das ist eine Vermutung. Du kennst sie doch überhaupt nicht – bis auf ein paar Worte, die du vor allem mit Frau Stern gewechselt hast. Die wirkt auf mich eher labil«, stellte Jörgensen fest. »Nachdem wir ihre Bienengeschichte gehört haben …! Die Frau ist hysterisch. Absolut.« Er sah Nathan an.

Der rieb sich heftig die Augen, dachte an Sonja und lächelte, bis ihm die Situation erneut mit aller Wucht ins Gehirn drang. Was soll ich ihr sagen? Was? Wann soll ich sie anrufen? Das hält sie nicht aus. Ich muss Nele finden … Ist das die Strafe, Gott, ist das deine Strafe an mich, weil ich die Schwangerschaft nicht gleich bejaht habe? Aber dann würdest du auch Sonja bestrafen. Und unsere Tochter. Beide tragen keine Schuld. Wenn, dann ich mit meiner elenden Wankelmütigkeit und meinem Zwang zur Freiheit.

Schon stellte sich Nathan das Schlimmste vor. In seiner langen Dienstzeit hatte er das Schlimmste gesehen. Ein Kind zu verlieren, war das Schlimmste.

»Wer könnte außer der Koselowsky meine Nele noch entführt haben?«, grübelte Nathan laut.

»Es muss sich ja nicht zwangsläufig um eine Entführung handeln. Vielleicht geht gerade irgendeine verrückte babysüchtige Frau mit ihr spazieren«, wandte Jörgensen ein. »Bisher hatten wir keinen Anruf, also keinerlei Hinweise auf eine Entführung. Solche Leute wollen Geld.«

»Geld hab ich nicht«, sagte Nathan. »Oder war es einer von der Organmafia? Oder jemand von einer Organisation, die Kleinkinder ins Ausland verkaufen? O Gott, das wird ein Alptraum.« Nach einer Pause fügte er hinzu: »Das ist längst einer. Und deswegen kann ich Sonja nicht anrufen. Noch nicht. Nimmst du bitte die Vermisstenanzeige auf?«

»Mach ich. Aber du solltest mit einer großangelegten Suche noch ein ganz bisschen warten. Ja, auch mit einem Anruf zu Hause …« Jörgensen sprach einen anderen Gedanken aus: »Oder ist die Lösung eine ganz einfache? Hast du vielleicht deiner Vermieterin gesagt, sie soll die Kleine abholen? Und du hast es nur vergessen?« Er dachte an Nathans Kopfschmerzattacken, bei deren Auftauchen könnte eine kurzfristige Vergesslichkeit eintreten. »Setz dich, Nathan. Es nützt niemandem, wenn du gleich umkippst. Ich radle schnell rüber zu deiner Vermieterin. Die Anja Kerber ist bestimmt zu Hause. Und wenn nicht, fordern wir den Hubschrauber an. Ist das okay? Unterwegs suche ich auch alles ab.«

Nathan zitterte. »Wie kann ich hier sitzen, wenn mein Kind … Komm mit!« Er führte den Kollegen in das ›Kinderzimmer‹. »Riech mal!«

»Ich rieche nur Baby.«

»Sonst nichts?«

»Soll ich was anderes riechen?«

»Ja. Ich habe hier eben einen fremden Geruch in der Nase gehabt, ganz vage … Aber er war da und jetzt ist er weg. Wahrscheinlich durch das Türöffnen und durch unsere eigenen Gerüche. Ich glaube, der war irgendwie blumig.«

»Ich rieche wirklich nichts anderes als Babyduft«, sagte Jörgensen. »Schon jetzt mal dein Bein und deine Gedanken. Wir werden Nele bald wiederhaben, ganz bestimmt. Bleib am besten beim Telefon sitzen. Möglich, dass wir doch einen Anruf mit Hinweisen bekommen. Vielleicht von der Entführerin – wenn es sich um eine Entführung handeln sollte.«

»Denkst du eher an eine Frau?«, fragte Nathan. »Ich weiß nicht …«

»Ein Mann kann doch gar nicht mit so einem kleinen Kind umgehen – außer, er ist Vater. Ich radle jetzt zu Frau Kerber. Denk dran, der Hubschrauber ist schnell da, wenn wir ihn anfordern …«

***

»Nele ist weg?«, Anja Kerber schlug die Hände vor das Gesicht. »Das glaub ich nicht. Kann doch nicht sein. Da liegt bestimmt ein Irrtum vor.«

»Nu mal schnell«, drängte Jörgensen mit sich überschlagender Stimme, »sie ist nicht bei dir?«

»Nein. Ulf, das hätte ich dir sofort gesagt. Und ich habe auch nichts mit deinem Kollegen zwecks Babysitten verabredet, wirklich nicht.«

Hastig verabschiedete sich Jörgensen von Nathans Vermieterin. Er presste vor Anspannung die Lippen zusammen und schob sein kantiges Kinn vor. Sauste zurück zur Wache. Vor dem Gebäude standen Mia, Katinka und Lili. Bloß jetzt keine neue Bienenkatastrophe. Die Tussis sollen mich in Ruhe lassen.

Aber Lili sprach ihn an.

»Was ist?«, rief er unfreundlich und stoppte.

»Wir haben es gerade erfahren. Können wir vielleicht helfen und mitsuchen?«, fragte Mia. Kleinlaut fügte sie hinzu: »Ich glaube, ich habe die Tür nicht hinter mir zugezogen, als wir bei Ihnen waren ... Herr Töwer war eben draußen. Da hat er es uns gesagt ...«

»Alles klar.« Jörgensen wollte ins Büro.

»Einen Moment, Herr Jörgensen! Ich war ja heute Vormittag im *Inselcafé*«, begann Katinka. »Als ich gehen wollte, setzte sich ein Herr zu mir und erzählte ausführlich über Eigentumswohnungen, die auf Spiekeroog verkauft werden sollen. Einige seien noch im Umbau. Wissen Sie, ich habe mir das angehört, weil ich an einer Wohnung interessiert bin ...«

Der Himmel war mit fedrigen Wolken besetzt, Spatzen landeten in Pfützen, spritzten und badeten. Eigentlich war es ein Tag wie immer. Eigentlich.

»Das interessiert mich im Moment überhaupt nicht«, sagte der Polizist merklich gereizt. »Eigentumswohnung? Hier wird nicht gebaut. War der Mann von der Firma *Immobilienglück*?« Er verschränkte die Arme, und sah Katinka durchdringend an. »Haben Sie mir sonst noch etwas Wichtiges zu mitzuteilen?«

»Was wollen Sie damit andeuten?«, fragte Katinka erstaunt.

»Was ich damit andeuten will? Gute Frau, Ihre Freundin hat uns mit ihrer Angst vor Bienen von der Arbeit abgehalten. Frau Stern sollte besser zu einem Therapeuten gehen. Aber Sie waren doch währenddessen im Dorf – haben Sie etwas gesehen oder gehört und wollen es meinem Kollegen vielleicht nicht sagen?« Jörgensen blickte sie forschend an.

»Keine gute Idee, mir was unterzujubeln. Auch wenn ich Ihre Aufregung verstehen kann. Aber jetzt hören Sie mir doch einmal zu.« Sie stand jetzt dicht vor ihm. »Dieser Mann war nicht von der Immobilienfirma. Er gab sich als begeisterter Kunde aus. Mir fiel er auf, weil er bei unserem ersten Auftritt im Kino sehr seltsam reagiert hatte. Vielleicht haben Sie ihn mal im Dorf gesehen. Ist so ein gedrungener Typ um die fünfzig. Nach seinem Vorrat an Komplimenten könnte er ein Ösi sein.«

»Ösi?«

»Österreicher, Herr Jörgensen. Ich glaub's aber eher nicht – bei der akzentfreien Aussprache …«

Jörgensen schwieg. Etwas an Katinkas Worten irritierte ihn.

»Das ist bestimmt kein Insulaner. Es könnte doch sein … Ich meine … – also, was ich sagen will – auf mich wirkte er fast zu überzeugend. Ja«, sie holte tief Luft, »es könnte doch sein, dass er mich ablenken wollte und ein Komplize das Kind … Entschuldigung, was rede ich da, ich lese einfach zu viele Krimis. Also, meine Freundinnen und ich helfen gerne bei der Suche.«

»Was wollen Sie mir eigentlich sagen?«, fragte Jörgensen. »Warten Sie hier.« Nach einer winzigen Pause setzte er nach: »Wenn das Kind wieder heil und gesund bei seinen Eltern ist, dann sprechen wir über die Immobilienfirma.«

***

Inzwischen hatte Nathan den Straßenplan von der Insel an eine Wand geheftet, ebenso Zettel mit Notizen, auf denen das Wenige stand, was ihm zu Neles Verschwinden eingefallen war. Er musste seine Gefühle in Schach halten, nur klare Überlegungen konnten ihm weiterhelfen. Die beiden Polizisten sprachen auch über das Hilfsangebot der Künstlerinnen. »Helfer sind an sich nicht verkehrt. Nur: Wenn die Frauen was damit zu tun haben …? Was ist dann?«

»Die Clownsfrau und Mia Lehmann waren ja ziemlich lange da. Erst als sie weg waren, bist du zu Nele rein und da war sie nicht mehr da. Die andere, die Koselowsky, saß im Café und lief später durchs Dorf. So hat sie es mir jedenfalls gesagt. Lass die Frauen ruhig mitsuchen, so lange, bis die Kollegen eintreffen. Und die Nachbarn … Meinst du, wir sollten schon welche mit einspannen?«

»Nein«, sagte Nathan. »Das gibt nur Unruhe und ein grässliches Durcheinander. Wir wissen zu wenig. Wir wissen überhaupt nichts. Nachher ist unter ihnen jemand, der damit zu tun hat …«

»Verdächtige jetzt nicht alle«, warnte Jörgensen.

»Wir haben keinen einzigen Hinweis. Nicht eine Spur.«

»Die meisten Gewalttäter kennen ihre Opfer«, sagte Nathan. »Bei Mord, bei Missbrauch ...« Es fiel ihm schwer, diese Worte auszusprechen. Aber er musste es tun. »Lass uns überlegen, wer ein Baby entführen könnte. Bleiben wir erst mal bei dieser Version.«

»Haben wir doch lang und breit durchgekaut«, sagte Jörgensen. »Es kann eine einsame Frau sein oder gar frustrierte Großeltern. Nathan, beiß dich nicht fest. Sicher gibt's solche Leute, die in Parks herumsitzen, die Kinder beobachten, die dich beobachtet haben, wenn du mit Nele durchs Dorf fuhrst, sie eignen sich sozusagen ein Kind in aller Öffentlichkeit an. Wer guckt schon hin, wenn jemand ganz normal mit einem Kinderwagen durchs Dorf oder zum Strand fährt. Da sagen die Gäste höchstens: ›Was für eine kinderfreundliche Insel‹.«

»Wenn so was holterdipolter vonstatten geht, meinst du, die Person weiß, wie und wo man ein Baby auf der Insel verstecken kann?«

»Wenn ja – wird es gefährlich. Nele bekommt Hunger. Was ist dann? Hat die Person Brei oder ein Fläschchen für sie? Pass auf, wir geben den Frauen die Wege vor. Dort sollen sie suchen. Handys haben sie dabei. Ich fahr ins *Inselcafé* und frage, ob die Koselowsky wirklich heute Vormittag da war. Du sprichst mit den Wittmunder Kollegen. Stellt eine Einsatztruppe zusammen!«

***

Jörgensen betrat das *Inselcafé*. Sofort entdeckte er Silke, die seit Jahren hier bediente und gerade einen Becher Kakao vorbereitete. »Viel zu tun?«, fragte er.

»Was willst du?«

»Wissen, ob heute morgen eine Katinka Koselowsky bei euch gefrühstückt hat. Die Frau gehört zu dieser lustigen Truppe, die im Kino auftritt.«

»Hm. Es war ziemlich voll. Wie sieht die Lustige denn aus?«

»Ist ungefähr so groß wie du, wie groß bist du, einsfünfundsechzig? Sie muss um die sechzig sein.«

»Mir fiel kein Gast besonders auf. Um was geht's? Wurde sie geklaut?«

»Hör auf mit solchen Scherzen. Nathans Tochter ist verschwunden.«

»Aber nein … Die Frau soll etwas damit zu tun haben?«

Jörgensen lächelte matt. »Nein, hat sie nicht. Ich muss nur ganz schnell verschiedene Alibis überprüfen. Auch das von Frau Koselowsky. Du, ich muss weiter. Wir können nicht warten, bis die Nachrichten darüber berichten. Gab es heute Besucher mit Baby samt Kinderwagen?«

»Sicher. Mütter mit kleinen und großen Kindern. Auch welche mit Kinderwagen. Aber ich hab da nicht groß hingeschaut. Meine Kollegin ist ausgefallen, ich hab ihre Tische mit übernommen. Wenn mir was auffällt, geb ich Bescheid.«

***

Nathan hatte den Hubschrauber angefordert, der schon auf dem Weg nach Spiekeroog war. Aber die Wärmebildkamera sei momentan leider nicht verfügbar, hatte man ihm mitgeteilt.

Und die ist so wichtig, dachte Nathan und versuchte, die Fassung zu bewahren. Es gelang ihm nicht. Tränen standen in seinen Augen. Nichts war mehr in Ordnung. Prüfend blickte er auf seine Notizen, die in ihrer Dürftigkeit sagten, dass weder er noch sein Kollege etwas wussten.

Jörgensen kam herein, sagte kurz, was er im *Inselcafé* erfahren hatte.

»Also nichts«, seufzte Nathan.

»Soll ich einen starken Kaffee kochen?«

Nathan schüttelte den Kopf. »Ich bin fit, sorg dich nicht.«

***

Neles Verschwinden hatte sich herumgesprochen. Die Polizisten sahen, wie Fremde durch die Fenster spähten. Ein Mann klopfte gegen die Scheibe und rief: »Wir wollen nur wissen, ob es was Neues gibt!«

Sie sahen auch, dass die drei Freundinnen immer noch vor dem Haus standen. »Wir müssen mit ihnen reden. Nathan, komm mit raus.«

Nathan versuchte, das neugierige Starren der Leute, die sich angesammelt hatten, zu übersehen. Er ging zu Mia, Lili und Katinka. Sie wiederholten ihren Vorschlag, mit suchen zu helfen.

Nathan besprach sich noch einmal kurz mit Jörgensen darüber. Sie wussten, dass sie noch nicht in den nächsten Minuten mit kollegialer Unterstützung rechnen konnten. Deshalb willigten sie ein. Mia sollte den Kaapdünenweg und das Ostend bis zur Post absuchen,

Katinka den Lüttpad und Süderloog bis zur Apotheke nehmen und Lili als Jüngste und Schnellste zum Hauptstrand gehen. Sie mussten Nathan ihre Handys zeigen, er gab ihnen die Nummer von der Wache, aber auch seine und Ulfs Mobilnummern, verglich, damit sich kein Fehler einschlich. »Melden Sie sich, wenn es was Auffälliges gibt. Ansonsten kommen Sie nach spätestens anderthalb Stunden zurück. Nicht, dass sich eine von Ihnen verirrt und wir Sie auch noch suchen müssen. In knapp zwei Stunden sind die Kollegen vom Festland da. Die machen dann weiter – aber professionell.«

***

Eigentlich war es wettermäßig ein freundlicher Tag. Aber nachdem der Polizeihubschrauber eine halbe Stunde lang die Insel abgesucht hatte, musste er wegen heftiger Böen und plötzlichem Platzregen wieder umdrehen und die Aktion abblasen.

***

Der blasse, schlanke Mann stand am Hafen und wartete auf die Fähre. Er trug eine Sonnenbrille und die dunkelblaue Rollmütze hatte er tief ins Gesicht gezogen.

***

Lili blinzelte. Der Regen hatte aufgehört und die Sonne stand inzwischen tief. Himmel und Meer flossen wie flüssiges Gold ineinander. Es war ein prächtiges Farbenspiel und es sah aus, als hätte sich das Leben auf der Insel seit einigen Stunden nicht geändert. Austernfischer hüpften. Möwen äugten. Der Strand war glatt geweht, war wie gekämmt. Schatten legten sich in die Riffelungen. Wegen der anhaltend freundlichen Witterung hatte die Kurverwaltung etliche Strandkörbe stehen gelassen. Das ablaufende Wasser glühte, als lodere unter ihm ein heimliches Feuer.

Lili schaute in jeden Strandkorb und wurde mit irritierten Blicken der darin Sitzenden bedacht. »Entschuldigen Sie bitte, das Baby vom Kommissar Töwer wird vermisst. Haben Sie einen unbeaufsichtigten dunkelblauen Kinderwagen gesehen? Oder ein Kleinkind weinen gehört? Haben Sie irgendetwas beobachtet, was seltsam wirkte?«

»Wir haben weder einen Kinderwagen gesehen noch ein Baby.« Das sagten ihr alle, die im Strandkorb saßen und auf ein bisschen Sonne warteten.

Eine Frau sagte: »Sehen Sie, da hinten sind ein paar Familien mit Kindern. Aber das werden ganz sicher deren eigene sein. Und warum sucht der Vater nicht selbst? Oder sind Sie die Mutter? Oder bei der Polizei?«

»Nein«, sagte Lili.

»Das finde ich aber komisch«, ergänzte der Mann, der neben der Frau saß. »Auf Spiekeroog lässt niemand ein so kleines Kind unbeaufsichtigt. Und Sie sollen suchen? Das finde ich noch komischer. Oder haben Sie sich das alles nur ausgedacht? Zivilpersonen werden niemals bei einer Personensuche eingesetzt.«

»Gert«, stieß ihn seine Frau an. »Wir haben doch eben den Polizeihubschrauber gesehen und gehört – bevor es plötzlich so stürmte und regnete.« Sie wandte sich

Lili zu. »Selbst die haben nichts entdeckt? Wissen Sie das genau? Dann ist der Kinderwagen nicht mehr auf der Insel. So etwas sehen die doch. Aber ein Baby ... Stellen Sie sich vor, es liegt irgendwo im Sand, dann kann es so schnell nicht gefunden werden.«

»Ich weiß nichts darüber«, sagte Lili. »Bitte, schreiben Sie sich die Telefonnummer der Polizeistation auf. Es könnte doch sein, dass Sie später etwas Ungewöhnlichen bemerken.« Lili diktierte dem Mann die Zahlen, verabschiedete sich und lief weiter.

Ihre Schuhe waren für das Laufen im Sand nicht geeignet. Sie zog sie aus, band die Schnürsenkel zusammen und trug sie in der Hand. Was hatte der Kommissar ihr noch gesagt? Dunkelblauer Kinderwagen. Unten am Korb weiße Streifen. Blau-weiß gestreifte Kissen. »Nele hat eine rosa Nickihose und ein rosa Nickijäckchen an. Heute, es war ja warm im Zimmer, habe ich ihr kein Mützchen aufgesetzt. Um den linken Arm trägt sie ihr Taufgeschenk, ein dünnes Kettchen aus Silber mit ihrem Namen und Geburtsdatum.« Er erklärte mehrere Male, dass Neles Köpfchen noch haarlos sei und das Kind durch seine großen blauen Augen auffiel.

***

Heute sollte der zweite Auftritt der *Witwenlust* im Inselkino stattfinden. Noch war es Nachmittag, noch suchte Lili. Sie rief die Freundinnen an. Sie sagten, wir gehen gleich zurück zur Wache, denn wir haben nichts gefunden.

»Ich auch nicht. Überhaupt nichts«, sagte Lili. »Ich rufe jetzt Herrn Töwer an.«

»Kommen Sie bitte zurück«, sagte Nathan. »Wir sind auch noch nicht weitergekommen.«

Lili telefonierte noch einmal mit Mia. »Sollen wir die Vorstellung absagen?«

Entschieden sagte Mia: »Gleich wird es dunkel und da können wir wenig ausrichten. Du auch nicht. Spiel nicht die übereifrige Hilfspolizistin. Herr Töwer sagte eben, dass seine Kollegen mit dem Wassertaxi unterwegs sind. Komm zurück, the show must go on.«

***

Kurz nach 17 Uhr betrat Harry Lachnit sein Mietbüro in Neuharlingersiel. Auf dem Festnetzanschluss hatten drei Personen angerufen und einer davon eine Nachricht hinterlassen. Die Nummern waren gespeichert. Harry Lachnit rief über sein Handy zurück, auf dem er eine Rufnummern-Unterdrückung eingestellt hatte. Beim dritten Anruf erkannte er die Stimme von Katinka Koselowki. Sie fragte: »Wer ist denn da?« Er rieb sich die Hände. Jetzt hatte er ihre Nummer.

Spiekeroog,

21. September 2011

16.

Katinka und Mia klopften gegen die Tür des Polizeibüros. Sie erklärten zum wiederholten Male, dass sie Nele nicht gefunden und andere Leute, die sie gefragt hatten, das Baby auch nicht bewusst gesehen hätten.

»Hab's verstanden, das alles haben Sie schon vorhin gesagt.« Nathan versuchte, freundlich zu sein, und wünschte ihnen eine gute Vorstellung. Am liebsten hätte er vor Schmerz laut gebrüllt. Aber was für eine Wahl hatte er? Hilfreiche zu verscheuchen, die möglicherweise doch etwas entdecken würden, ehe die Kollegen die Insel durchsuchen konnten? Wenn er schrie, verringerte sich sein Schmerz nicht.

Vorsichtig lächelte Mia ihn an, sie hätte am liebsten seine Hand gestreichelt und gesagt, das wird alles, die Kleine ist gleich wieder da. Aber das machte sie doch nicht, schien ihr zu vertraulich, schien ihr anbiedernd und sie wusste, dass Worte in dieser Situation wenig halfen.

Er konnte das stete Lächeln und die Anwesenheit der Frauen nicht mehr ertragen. Außerdem wirkten sie zu bemüht. Ehe er wieder hineinging, sagte er: »Ich muss die Suchmannschaft zusammenstellen. Guten Abend.«

Nathan schloss die Tür hinter sich, zog noch einmal dran, ob sie auch wirklich ins Schloss gefallen war. Sein Handy klingelte. Sonja.

»Nathan? Du hast nicht angerufen. Gibt es mit einem Mal so viel zu tun? Brennt wieder eine Mülltonne? Nathan? Ist alles in Ordnung?«

»Ja«, sagte er.

»Deine Stimme klingt aber komisch. Warst du auch mit Nele etwas an der Luft? Schläft sie jetzt?«

»Ja«, sagte er wieder. Er konnte Sonja noch nicht sagen, was passiert war. Er brachte es nicht über sich und wusste genau, dass dies falsch und er feige war. »Du, hier kommt gerade jemand rein. Ich melde mich nachher. Versprochen ... Sonja, was macht das Fieber? Geht's dir besser?«

»Hab ich doch heute früh schon erzählt. Und ich will morgen meine Süße wieder hier haben. Hast du das Wassertaxi bestellt? Nicht vergessen?«

»Nicht vergessen. Ich liebe dich.« Nathan drückte das Gespräch weg.

***

Harry Lachnit drehte sich auf dem braunen Bürostuhl hin und her und versuchte erneut, seinen Kompagnon zu erreichen.

»Wo steckst du? Ich muss hier weg, ich habe keine Zeit mehr.« Harry wusste, dass sein Teilhaber auf der Insel war. Gesehen hatte er ihn aber weder gestern noch heute. Alles muss ich alleine machen. Als wäre es nicht anstrengend genug, ständig zwei Personen zu sein.

»Eine multiple Persönlichkeit ist mir nicht auf den Leib geschrieben worden!«, rief er pathetisch aus und überlegte: Hoffentlich erkennt mich keiner ... Manche Leute haben ja einen besonders genauen Blick. Innerlich sprach er auch seinen Geschäftspartner an: Du sorgst dich um nichts anderes als um deine Potenz. Wie langweilig.

Harry Lachnit wusste, dass der andere mit seinem Wunsch nach Macht und Unterwerfung augenblicklich ausgelastet war.

Er ging die neuesten Zahlungseingänge durch. »Na. Geht doch!«, freute sich Lachnit. Die meisten Kaufwilligen kamen aus den südlichen Bundesländern, wollten entweder ein Objekt zum Abschreiben oder eine Ferienwohnung für sich selbst. »Die haben's ja«, stellte er fest. Aber einen Kunden wollte er noch ködern. Dann war eine hübsche runde Summe auf dem Konto. Er sah die ›Immobilienverkäufe‹ als ein spannendes Spiel an und das Spiel war für ihn erregender, als es je eine Frau sein konnte.

Sein Teilhaber hatte ihn rechtzeitig auf die Auftritte der *Witwenlust* aufmerksam gemacht. Mia schien ihm zu alt für seine Zwecke, denn seit seiner Pastorenrolle wahrte er bei älteren Menschen gebührenden Abstand. Jeder Job hatte eben seine Zeit. Und Lili passte nicht in sein Beuteschema.

Er rief Katinkas Nummer auf.

»Koselowsky.«

»Lachnit von der Firma *Immobilienglück*. Sie hatten bei uns angerufen. Sie interessieren sich für eine unserer Wohnungen?«

»Ja. Schon. Aber im Augenblick kann ich nicht sprechen, Ihr Anruf kommt ungünstig. Kann ich Sie morgen zurückrufen?«

»Selbstverständlich.« Mist, dachte er. »Ich möchte Ihnen vorsorglich mitteilen, dass inzwischen nur noch drei Wohnungen zur Verfügung stehen. Alle anderen sind verkauft. Also, Sie müssten sich schon entscheiden …«

»Wo sind die freien Wohnungen?«

»Auf Spiekeroog.«

»Was kosten sie und wie viele Quadratmeter haben die freien Wohnungen jeweils?«

»Frau Koselowsky, der Preis richtet sich nach der Größe des jeweiligen Objekts. Ungefähr ab 145 000 bei achtunddreißig Quadratmetern. Bei einer Anzahlung von dreißig Prozent der Kaufsumme bis zum einunddreißigsten Oktober verringert sie sich um pralle zwanzigtausend. Das ist doch ein Angebot, oder nicht?«

»Ich melde mich.«

Das sagen alle, wenn sie nicht wollen.

Lachnit schaltete das Radio ein und bekam die letzten Sätze des lokalen Senders mit. »… wird seit den frühen Mittagsstunden auf Spiekeroog vermisst. Alle, insbesondere Urlauber und/oder Tagesgäste, die laut der Beschreibung …«

Er machte das Radio wieder aus. Harry Lachnit starrte nachdenklich in die Luft.

2. Teil

Spiekeroog

21. September 2011 – gegen 18 Uhr

17.

Während Lili über die ›Up de Dünen‹ ging, versperrte ihr ein Mann den Weg.

»Ist das jetzt ein Zufall?«

Er lachte. Erst war es eher ein sattes Lachen, dann ging es über in einen hohen Kicherlaut. »Nein. Mich triffst du nicht zufällig.«

Er trat auf sie zu und blickte sie an. »Entspann dich, schau auf diesen Punkt.« Er berührte seinen Nasenrücken zwischen den Augen. Lili gehorchte. Schon war sie wieder jene Frau, die alles tat, was er wollte. Ihre Selbstsicherheit glitt von ihr ab. Es war wie früher, wenn er mit diesem Hypnosespiel begann.

Sie hörte, wie er sagte: »Ich zähle jetzt …« Seine Stimme schien ihr wie ein Echo, das von weit her kam. »Eins, zwei, drei …« Lili rührte sich nicht, obwohl in ihr eine Stimme schrie: Lauf weg, schnell!

Sie spürte seine Hand, seinen schmerzhaften und festen Griff im Genick. Schon fühlte sie sein Gesicht neben dem ihren. Er küsste sie auf die Wange, weil Lili sofort den Kopf zur Seite drehte. »Ich will nicht geküsst werden. Schon gar nicht von dir.« Sie fand, dass von dem Mann ein eigenartiger Geruch ausging. Sie fand, dass er nach Tier roch.

Er lächelte, stemmte fest seine Hand gegen ihre Halswirbel und schob Lili vorwärts.

Sie stolperte.

»Du hast doch sicher ein Handy?«, fragte er.

Lili nickte.

»Zeig mal, welches Modell hast du?«

Lili reagierte nicht.

»Nun zeig's mir doch!«

Zögernd griff sie in ihre Jackentasche.

»Nun?«

Sie zog es heraus, hielt es in der Hand. »Ich muss sowieso telefonieren.«

»Musst du nicht.« Er griff nach dem Handy und ehe Lili passend reagieren konnte, hatte er es schon. »Das bleibt bei mir. Nachher – ja, nachher bekommst du es zurück. Und jetzt machen wir einen kleinen Spaziergang. In der letzten Zeit ist ja einiges mit uns schiefgelaufen. Nun guck nicht gleich so erschrocken, och je, richtig ängstlich siehst du aus. Warum denn das? Wir werden uns nur ein wenig unterhalten. Und jetzt sieh mich an. Vier, fünf, sechs, sieben.« Bei zehn hörte er auf zu zählen. Lili begann, sich schwer zu fühlen. Und obwohl sie im tiefsten Innern wusste, dass diese Begegnung nicht gut für sie war, dass sie ganz schnell wegrennen müsste, entspannten sich ihre Muskeln.

»Weitergehen. Aber zügig. Gut siehst du aus. Schlank.

Schlanker denn je. Eigentlich bist du ja inzwischen zu alt für die Liebe. Achtunddreißig bist du nun. Aber egal, hier merkt das keiner. Weiter!« Er stieß sie an. »Ich will dich wiederhaben. Und du wirst mir erneut gehorchen. Erinnerst du dich, wie es damals war, du kleine geile Sau?«

Lili fühlte sich benommen.

»Dreh deinen Kopf zu mir. Was siehst du?«

Sie antwortete nicht.

»Freut mich, dich so hübsch zu sehen. Junge Mütter haben ja einen besonderen Hormonüberschuss und sehen so blühend und lecker aus ... Wie du. Da kriege ich wirklich wieder Lust auf dich. Mit dir war es stets eine besondere Freude. Weißt du noch?«

Lili versuchte mit Ziehen und Zerren, ihren Kopf aus dem Klammergriff zu lösen.

Da griff er noch fester zu, hob Lilis Haut im Nacken an, als wollte er einen Welpen hochziehen. Er drückte seinen Mund gegen ihr Ohr und sang leise: »Ich hab mir mein Kindel fein schlafen gelegt,/ Ich hab mir's mit roten Rosen besteckt,/ Mit roten Rosen, mit weißem Klee,/ Das Kindel soll schlafen bis morgen früh. Ich hör mer mai Madle schier schlofe gelät,/ Ich hör mersch mit ruthen Riisl'n besträt,/ Mit ruthen Riisl'n, mit grünem Klee: Soor mer, mai Mädle, was thut der denn weh?«

»Hör auf.« Lili zerrte, und zog ihren Kopf nach vorn.

Der Mann ließ sie nicht los. »Wenn du weiter rumhampelst, tut's gleich richtig weh. Ich will mit dir reden, nur deshalb bin ich hier. Zuck nicht rum. Deine Nerven, Lili, du weißt, die sind nicht die besten! Und du trittst also wieder als Clown auf. Ich habe euer Plakat gesehen. Ach, liebste Lili, früher hättest du dich um jedes Wort von mir gerissen, meine Schöne, meine Süße, und jetzt bist du auch noch Mutter … Der glückliche Vater scheint in meinem Alter zu sein, wie ich gestern gesehen habe?« Er schob sie vorwärts.

»Wie kommst du darauf? Außerdem ginge das dich überhaupt nichts an.« Sie begann zu lachen und sie konnte nicht aufhören damit. »Aber ich bin keine Mutter. Leider.«

»Ich weiß, was ich weiß. Wie oft hast du während unserer Zeit manches abgestritten. Wie schamlos bist du über unsere Liebesgeschichte getrampelt. Wie sehr ich gelitten habe und noch immer leide – danach fragt die Lili Stern nicht. Bist du davon ausgegangen, dass ich dein plötzliches Abtauchen stillschweigend billige? Wie lange waren wir zusammen? Wie lange?«

Eine Möwe schoss vom Himmel, flog vor sein Gesicht, stieß den harten Schnabel gegen seine Wange, flatterte im Stand, und Augen, kalt und blau, mit kleinen Pupillen, starrten einander an. »Hat dich Lili etwa auch so dressiert wie sie es mit ihren Seidenhühnern getan hat? Ach ja – Clown Lili und Huhn Berta. Beim Zirkus und zur See. Komm her, schöner Vogel, komm auf meine Hand.« Er streckte den Arm aus, öffnete die Hand, hielt sie der Möwe hin.

Die Schwingen verdeckten seine Augen und der Schnabel hackte in seine Handinnenfläche, wahrscheinlich in der Erwartung, Essbares vorzufinden.

Der Mann lockerte seinen Griff. Sofort nutzte Lili den

Moment aus und rannte weg. Lief über den Gartenweg und bog in den Kurpark ein. Er hechtete hinterher, erreichte sie schnell, packte ihren Arm, und drehte ihn fest auf ihren Rücken. Dabei nickte er freundlich zu einem Mann hinüber, der vorbeikam.

Lili stöhnte. »Du irrst. Ich habe kein Kind. Hör auf mit deiner Eifersucht und lass auch meinen Arm los.«

»Wann bist du von mir weggegangen? Drei Jahre ist es her. Hast dir schnell einen neuen Mann genommen, sicher mit deinem Clownslächeln, Clowns haben ja viele Gesichter. Mir hast du nie dein wahres gezeigt. Du gingst an einem Mittwoch und du wirst an einem Mittwoch wieder gehen.«

Heute ist Mittwoch, dachte Lili beklommen. Ich darf ihn nicht reizen. Wir müssen ins Dorf. Dann kann ich wegrennen. Ich darf ihn auch nicht ansehen, sonst fängt er wieder mit seinen suggestiven Tricks an.

»Süße«, sagte er mit sanfter Stimme, »mach ein heiteres Gesicht. Guck nicht so angespannt. Du siehst aus, als würdest du dich fürchten. Wovor? Lili! Du freust dich doch, mich wiederzusehen. Siehst du, schon hast du endlich wieder deinen traumhaft sündigen Blick. Der Schmerz tut dir wie immer gut. Ich habe dir auch etwas mitgebracht. Ich weiß doch, wie sehr du Überraschungen liebst. Wie könnte ich das je vergessen? Es ist ein ganz besonderes Geschenk. Menschen, die mir gehören, verwöhne ich nur zu gerne. Weißt du doch. Ich weiß auch, dass ich in deinen Träumen stets bei dir bin.« Er lächelte. Er ließ Lili los.

Jetzt!

Wieder rannte sie.

Er war schneller. Er war der Jäger.

***

Als der Wind sich legte, hatte Nathan seine Freundin Sonja immer noch nicht angerufen und ihr das Schreckliche mitgeteilt. Aber ich muss es doch tun, grübelte er. Jetzt. Gleich. Sofort! Besser erst in einer halben Stunde?

Er musste bei seinem Gespräch mit Sonja sicher sein, dass sie in ihrer Angst nicht ihre Freundinnen anrief. Die hatten mit den laufenden Ermittlungen nichts zu tun, sie durften von den Details nichts erfahren. Er zögerte den Anruf auch hinaus, weil er mit jeder weiteren Minute hoffte, dass sich alles glücklich auflösen würde und Nele gleich wieder da war.

Wieder ging er die verschiedenen Möglichkeiten durch, wo sich das Baby befinden könnte. Dachte an ähnliche Fälle, die es gegeben hatte, an jene, die gut ausgegangen waren. An andere, die es nicht waren. Er klammerte sich an die Hoffnung, dass das Kind irgendwo abgestellt worden war. Schließlich war die Insel nicht groß, da musste man doch ein Baby wiederfinden. Und doch stapelten sich in seinem Kopf die Bilder der Angst. Nele, tot. Nele, verletzt. Nele – unauffindbar.

Stechende Kopfschmerzen befielen ihn. Seit dem Unfall traten sie bei akuten Belastungen auf. Seine Augen begannen zu tränen. Er drückte dagegen, er schlug gegen die Stirn. »Aufhören!« Aber sie hörten nicht auf. Wieder dachte er an den fremden Geruch im

Haus. Wie hatte es gerochen … wie bloß? Es roch mit einem Mal nach Frettchen. Als er gegen seine Augen drückte, sie auf und zumachte, tief Luft holte, war der Geruch verschwunden. »Ulf, kommst du mal …« Er bat Jörgensen, noch einmal zu riechen. Der roch nichts Besonderes.

Im Büro wurde es laut. Eine Tür knallte ins Schloss. Die Kollegen vom Festland waren mit zwei Flächensuchhunden eingetroffen. Die Tiere waren unruhig. Kollege Peffgen aus Wittmund ging mit ihnen sofort in den Raum, in dem Nele sich befunden hatte. Ließ sie am Boden schnuppern und Nathan holte eine getragene Strampelhose, damit die Tiere Witterung aufnehmen konnten.

Hastig informierte er die Kollegen über den aktuellen Stand der Suche. Ihnen allen war klar, dass sich das Baby längst in einer akut hilflosen Situation befinden konnte.

»Ist die Vermisstenmeldung raus?«, fragte POK Wernicke. Er strahlte Ruhe und Besonnenheit aus.

»Ja«, sagte Nathan.

»Gibt es neue Hinweise oder Anrufe?«, mischte sich Polizeimeister Peffgen ein, der die Hunde an der Leine hielt. »Haben Sie inzwischen ein Täterprofil erstellt?«

»Keine Anrufe. Profil? Wir haben keins«, sagte Nathan. »Der oder die Täter haben auf jeden Fall ein hohes Risikobewusstsein, können einigermaßen planen und werden auch über praktische Fähigkeiten verfügen. Aber auch das sind nur Annahmen. Auf jeden Fall gibt es im Landkreis Wittmund, auf allen ostfriesischen Inseln und im Bundesland Niedersachsen keinen ähnlich gelagerten Fall. Ich glaube auch nicht an einen Wiederholungstäter.«

»Könnte es ein Sexualstraftäter sein?«, fragte Wernicke und übersah das nervöse Zucken in Nathans Augenlid.

»Nehmen wir mal an, es gäbe so jemanden«, entgegnete Nathan. »Der müsste frustriert, gestresst und unzufrieden sein. Wenn, würde der sich keine kleine Insel aussuchen. Denn da wüsste er auch, dass er schnell gefasst würde.«

»Wir haben hier recht mysteriöse Umstände«, stellte Wernicke fest. »Kommt jemand ungesehen ins Haus und mit dem Kind wieder heraus? Ich finde es – sagen wir mal – eigenartig, dass weder Sie noch der Kollege Jörgensen etwas bemerkt haben. Wie lange ist Ihre Tochter jetzt weg?«

Nathan sagte ihm die Zeit.

»Für ein Baby zu lange«, sagte Imogen North, die als einzige Polizistin mit dabei war. Die kurze Zeit ihrer Anwesenheit hatte sie zum Beobachten genutzt. »Kann jemand Hass auf ein Kleinkind haben? Oder auf Sie, Herr Töwer?«

»Ich weiß es nicht«, antwortete Nathan. »Es gibt eben auch keine Lösegeldforderung, keinen Anruf, nichts.«

***

Mia kam kurz vor achtzehn Uhr im Kino an.

Minuten früher hatte Lili sie noch von weitem gesehen. Sie hatte den Arm gehoben, den der Mann sofort herunterdrückte. Sie wollte schreien, aber der Mann hielt ihr den Mund zu. Und Mia blickte in diesem entscheidenden Moment zur anderen Seite und sah sie nicht.

***

Voller Unruhe dachte Mia an das Baby und ging innerlich noch einmal die Straßen ab, in denen sie mitgesucht hatte.

Wie immer schminkte sie sich sorgfältig, machte ihre Haare mit Wachs strähnig, damit sie für ihre Rolle so richtig fettig aussahen. Dann holte sie ihr wunderbar hässliches, wild bedrucktes Kleid und zog es an. Mia schlüpfte in die schief getretenen braunen Schnallenschuhe. Dabei sagte sie ihren Text auf und war dankbar für ihr gutes Gedächtnis.

***

Nach dem Abbruch der privaten Suchaktion machte Katinka einen Spaziergang. Unterwegs schaute sie sich immer wieder aufmerksam um. Einmal hielt sie eine Familie mit Kinderwagen an, fragte »Darf ich mal reinschauen?«, sah ein dunkelhaariges Baby, während die Mutter stolz lächelte. Katinka kam zu dem verrosteten Schienenstrang, der ins Meer führte und an die Zeit erinnerte, als an dieser Stelle noch der Inselhafen gewesen war. Früher hatten Gäste von der Landungsbrücke direkt in die Inselbahn steigen und ins Dorf fahren können. Inzwischen aber fraßen Wasser, Salz und Wind an den Schienen und die Lokomotive neben dem Alten Bahnhof verrottete. Statt der Inselbahn kutschierte nun eine nostalgische Pferdebahn Neuankömmlinge zum Dorf und zum Weststrand.

Zwischendurch regnete es heftig. Katinka war durch ihre Wachsjacke und eine große Kapuze einigermaßen vor der Nässe geschützt. Der Rückweg führte sie zur alten Inselkirche am Norderloog.

Wenn ein Kind verschwunden ist, würde dann ein Gebet helfen? Bestimmt. Gott schützt doch die Kinder.

Das Gebäude strahlte ruhige Beständigkeit aus, einen wortlosen Trost. Der grün gestrichene hölzerne Giebel und der kleine Turm wirkten behaglich. Es war das älteste erhaltene Gotteshaus auf einer ostfriesischen Insel. Wer hatte wohl hier drinnen schon um Hilfe gebetet?

Katinka ging zum Eingang. Geschlossen. Sie drückte die Türklinke. Rüttelte. Sah dann erst die Aushänge des Pfarramts und konnte sie wegen des dämmrigen Lichts nicht gut entziffern. Sie drehte sich um, blickte auf ihre Uhr, sah, dass es Zeit wurde, in die Maske zu gehen.

Gelb und rot gefärbte Blätter raschelten wie Mäuse.

Sie eilte zum Kino, wo sie Mia im fertigen Bühnenoutfit vorfand.

***

Mit festem Griff schob der Mann Lili zum Nordosten der Insel. Am Drinkeldoodenkarkhof, dem Friedhof der Namenlosen, sagte er: »Bleib stehen. Sofort!« Mit einer Hand zog er eine kleine Stablampe aus seiner Wetterjacke und leuchtete die Inschrift aus. Lili hielt er weiterhin mit der anderen Hand fest, fest wie ein Schraubstock.

»Du tust mir weh …«

»Das sagtest du heute schon mehrmals.«

Sie trat gegen seine Schienbeine.

»Was soll der Scheiß?« Er schleuderte sie gegen einen Grabstein. »Wie oft muss ich dir noch sagen, dass du so etwas zu unterlassen hast? Sag, dass es dir leid tut!«

Sie gab nach. Ihr schien, als bliebe ihr nichts anderes übrig. »Es tut mir leid«, flüsterte Lili, es war ihr egal, was sie nun sagte, sie wollte nur, dass der Mann nicht ausrastete. Dass dieser Albtraum bald vorbei war. Eigentlich wusste sie immer noch nicht, was er wirklich von ihr wollte. Sie wiedersehen? Sich rächen? Warum gerade auf Spiekeroog?

Sie stand auf. Stöhnte. Sie war hart gegen den Granitstein gefallen.

»Ach, den Schmerz, den hast du doch stets genossen!« Schon war er bei ihr, stieß gegen ihren Rücken, drehte blitzschnell den Arm um und hielt sie so fest. Mit der anderen Hand strich er langsam über ihre Wirbel, verweilte mit federleichtem Kreisen, während sie sich voller Abscheu wegdrehte. Jetzt wühlte sich seine Hand durch ihre Haare und riss sie nach hinten. »Lies die Namen jener sieben Menschen aus Oberkaufungen. Im November 1854 ertranken sie vor Spiekeroog, als ihr Schiff, mit dem sie auswandern wollten, mit zweihundertsechzehn Passagieren auf Grund ging. Ja – sieh – und vierundachtzig Menschen ertranken …«

Lili begann zu zittern.

Er drehte ihren Arm weiter.

»Sei unbeschwert und so neugierig wie früher! Du bist

weder auf einem Schiff noch wirst du ertrinken. Frag dich aber, was die armen Menschen in ihren letzten Minuten dachten und hofften, Lili! Was würdest du in deinen letzten Minuten denken?«

***

Die kurzen Regenschauer hatten den Boden durchweicht. Schnell waren die Suchhunde wegen des Matsches überfordert. Gegen achtzehn Uhr dreißig ließ Nathan die Suche beenden. Schnell kochte er mit Jörgensen Tee und Kaffee für alle zum Aufwärmen. Für ihre Rückkehr hatten die Kollegen schon das Schnellboot geordert.

»Ihr habt nichts gesehen oder gehört?«, fragte Jörgensen.

Spiekeroog – Neuharlingersiel

21. September 2011 – am frühen Abend

18.

Die Kollegen hatten die Insel wieder verlassen. Jörgensen hatte nach einem Blick auf Nathan, der mit geschlossenen Augen schmerzverzerrt im ›Kinderzimmer‹ saß, den Inselarzt gerufen.

Dieser gab ihm eine Spritze, denn Nathan war nicht mehr imstande, auch nur ein paar Meter weit zu gehen. Die Augen aufzuhalten. Die Seele zu schützen. Und all das war in seiner Situation denkbar schlecht. Angst und Erschöpfung wrangen ihn aus wie eine Mangel. Furchtbar, auf einem Stuhl sitzen zu müssen, weil das Bein versagte, der Schmerz wütete, er in Hilflosigkeit gefangen war und so wenig für sein Kind tun konnte.

Das Mittel wirkte schnell. Kurze Zeit später konnte er wieder ins Büro gehen, sich die Liste ansehen, die Jörgensen mit Imogen North erstellt hatte. Dabei fiel ihm etwas auf und kurz vorher Gedachtes kam wieder zurück.

»Mir geht da was durch den Kopf«, sagte Nathan. »Schon die ganze Zeit, als ich auf den Doktor gewartet habe.«

Sein Tonfall war bestimmt. Jörgensen nickte begütigend. »Willst du nicht endlich Sonja anrufen?«

***

Zur selben Stunde löschte Harry Lachnit auf dem Miet-Computer alle Daten, die er in diesen Wochen eingegeben hatte. Auch wenn jemand sie zurückholen wollte, würde kein Mensch etwas finden, das ihn belasten könnte. So dumm war er nicht. Heute machte ihm das Online-Banking und das Transferieren der eingegangenen Gelder auf ein ausländisches Konto besondere Freude.

»Husch, husch, alle Scheinchen in mein Körbchen«, murmelte er. »Ich kann auch ohne Frau Katinka Koselowsky. Ob die mich gleich erwartet und während des Auftritts ihren hübschen Busen für mich rausreckt? Wo weder ich noch mein Alter Ego, der Wolfgang Weiland, dabei sein können?«

Harry holte Vinylhandschuhe aus einer Schublade, packte alle Dinge, die ihm gehörten, in einen Trolley. Verstaute seinen Laptop. Zog die Klebeschilder wie *Büro*, *Besprechungsraum* und *Immobilienglück* von den Türen ab, und wischte mit einem Glasreiniger die Flächen sauber. Säuberte gründlich Türgriffe und alles andere, was er im Laufe der Wochen angefasst hatte.

Er wählte die 0003, die Kurzwahl seines Kompagnons. Der meldete sich nicht. Dabei hatten die Männer ausgemacht, heute Abend miteinander zu telefonieren.

Dann eben nicht.

Er kontrollierte die Einzahlungen von heute. Es hatten tatsächlich noch mehr Kunden auf die Wohnungen angezahlt. Familie Mattes, Frau Sorenke und Familie Radke. Eigentlich war er gerade bei Max Mattes darüber erstaunt. Hatte der doch gefragt und gefragt … War so skeptisch gewesen.

»Da hab ich aber richtig gute Überzeugungsarbeit geleistet«, lobte er sich, »und das Geld wird geteilt. Es reicht fürs Erste. Wir sind ja nicht unverschämt, der Ferdi, der Weiland und ich. Ich sollte jetzt noch die Koselowsky mit dem prallen Busen zum Ankauf überreden. Denn den Durchblick bei geschäftlichen Transaktionen traue ich ihr nicht zu. Frauen in dem Alter haben das doch nie gelernt.«

Harry Lachnit verließ das Haus und erreichte schnell den Parkplatz.

***

Die Scheinwerfer und die Mikroanlage waren ausgerichtet. Auch das Bühnenbild mit Klavier, einem Tisch, drei Stühlen und den Wortkarten stand. Die ersten Besucher trafen ein.

»Hömma, wir haben fast Viertel vor«, sagte Katinka. »Wir fangen um sieben an. Wo bleibt bloß Lili? Sie muss sich doch noch fertigmachen. Ob sie nach Hause gegangen ist und schläft? Aber das kann ich mir auch nicht vorstellen. Sie sollte ja zurückkommen ... Und so viel Zeit dazwischen zum Schlafen hatte sie auch nicht.«

»Wegen der Garderobe mach dir keinen Kopf, sie hat ja Ersatz in ihrer Ferienwohnung«, sagte Mia. »Wahrscheinlich macht sie auf dem Weg hierher noch ein bisschen Werbung, mit der roten Nase und ihrem Kostüm.«

»Ob Nele inzwischen ...?«, fragte Katinka.

»Und – ob Lili ...?«, fragte Mia zurück. »Beide sind weg. Ich bin von Lili enttäuscht ...«

»Ach – damit ich's nicht vergesse«, sagte Katinka, »ich bekam einen Anruf wegen der Wohnung. Ein Lachnit von dieser Firma. Den hab ich vertagt, ich hatte nur die Nele im Kopf und da fand ich es fast unanständig, über einen Wohnungskauf zu sprechen. Der Mann sagte, es seien nur noch drei Wohnungen auf der Insel frei. Irgendwie glaube ich das nicht. Außerdem drängelte er wegen einer Anzahlung …«

»Warum anzahlen? Vorab? Du hast doch noch gar nichts gesehen«, sagte Mia.

»Deshalb bin ich ja skeptisch. Von den drei Wohnungen könnten wir uns eine aussuchen. Wenn die Größe und die Preise passen … So. Warte mal. Ich mach mal eben eine kurze Sprechprobe.« Katinka stellte die Anlage an und befestigte das Mikrofon. »Lalala. Passt. Ton kommt gut. Himmel, gleich ist's sieben, guck, der Saal ist schon gut besetzt. Wo bleibt Lili, langsam werde ich nervös«, grummelte Katinka.

»Ach was. Die kommt schon. Wahrscheinlich zähmt sie unterwegs ihre Huhn-Luftnummer.« Mia lächelte. »Den Originalauftritt mit dem Huhn hätte ich damals zu gerne gesehen. Meinst du, sie hat noch Kontakt mit dem Mann aus Münster, wie heißt der doch? Platzeck?«

»Nee. So heißt doch der Ministerpräsident aus Brandenburg. Aber der Name klingt ähnlich«, sagte Katinka.

»Du weißt genau, wen ich meine. Diesen Wirt aus Münster. Lili hat schon einen eigenartigen Männergeschmack und von der Liebe versteht sie meines Erachtens wenig.«

Katinka verspürte ein leichtes Unbehagen, als sie

daran dachte, was Lili ihnen über diese Zeit erzählt hatte. »Den hat sie endgültig in den Wind geschissen – wirklich.«

»Nana.«

»Ach, sei nicht so pingelig. Manchmal muss sich Frau eben drastisch ausdrücken.« Katinka schüttelte den Kopf. »Stell dich nicht an. Auf jeden Fall erinnere ich mich wieder an seinen Vornamen. Ferdinand.«

»Den hätte ich gern mal in natura gesehen. Muss ja Lilis Worten nach ein ziemlich charismatischer Knabe gewesen sein«, sagte Mia.

»Red kein Gedöns. Ein Arschloch ist der! Ein charismatisches Arschloch«, ereiferte sich Katinka. »Aber am Sonntag geben wir Lili ihre kleine Biografie? Watse wohl sacht? Ich bin schon richtig gespannt. Wenn sie ihr gefällt, verrät sie uns den Rest und dann kriegt sie im nächsten Jahr Teil zwei.«

»Ich ruf Lili jetzt zum letzten Mal an. Wir haben nur noch sechs Minuten. Sie kann doch ihren Auftritt nicht vergessen haben. Gibt's doch nicht.« Mias Miene verfinsterte sich. Sie ging vor den Garderobenspiegel und zupfte an ihrer Frisur.

***

»Ich möchte eine fröhliche Lili. Lächeln, immer nur lächeln. Denk an unsere gemeinsame Zeit, wehr dich nicht, Kummer haben wir alle, aber heute ist dein Tag, ja«, schrie er gegen die Möwen, die über ihnen kreisten, »heute ist Lilis Tag! Sei nicht ungeduldig, zerr nicht, das mag ich nicht, ich muss dich doch festhalten, damit du nicht mit dem Wind davonfliegst. Lass die Regentropfen auf deinem Gesicht, sie waschen so rein … Du willst doch dein Geschenk? Ja, sicher. Du wirst erstaunt sein – ich vergesse nie etwas. Und deshalb werde ich dir das beste Geschenk deines Lebens machen. Komm, wir müssen noch ein kleines Stückchen weiter …«

Zu Lilis Bestürzung füllten sich ihre Augen mit Tränen.

***

Die Häuser des Dorfes lagen hinter ihnen. Lili und der Mann gingen zwischen Büschen und Heide den endlos langen Tranpad.

»Ich muss dringend meine Kolleginnen anrufen, die warten doch – ohne mich können sie nicht auftreten! Lass mich wenigstens telefonieren! Gib mir mein Handy wieder.«

Er stieß einen Seufzer aus. Versteht sie denn überhaupt nichts? Die soll still sein, ganz still, sie kennt mich doch lange genug, warum das Gezeter? »Ich hätte nicht gedacht, dass du solch ein Theater machst. Weißt du, wenn ich die Zeit hätte, dich lange telefonieren zu lassen … nun, und was würdest du erzählen? Wie deine Abwesenheit begründen? Ich finde, deine Zeit ist gekommen und außerdem bist auch du nicht unersetzlich.« Er kramte in seiner Jackentasche und reichte ihr ein gebügeltes und sorgsam gefaltetes Stofftaschentuch. »Hier. Mach den Rotz weg. Sieht nicht besonders aus. Verheulte Weiber törnen mich ab.«

Lili mochte seine kryptischen Andeutungen nicht.

»Doch«, sagte sie mit unterdrückter Angst. »Ich bin unersetzlich. Und gerade heute Abend. Nur verstehst du von meiner Arbeit nichts. Hör mit deinen Sprüchen auf. Mach dich nicht lächerlich. Denkst wohl, jetzt hast du mich?«

Er lachte böse. »Ich bin nicht größenwahnsinnig, Liebes, und ich scheiß auf deine Bemerkungen.« Er sah sie von der Seite an und in seinen Augen flackerte es. »Komm, weiter, weiter, immer nur weiter. Bist doch bis jetzt auch mitgekommen …? Ich zwing dich zu nichts. Es ist nur ein Spaziergang. Wovor fürchtest du dich? Vor den Leuten, die dich unterwegs gesehen haben? Hast dich nicht getraut, zu schreien, hast Sorge wegen einer negativen Publicity?«

Er hielt sie weiterhin so fest, dass Lili sich nicht aus dem Griff lösen konnte. Sie würgte an ihrer Angst, denn bei ihm wusste sie nie, wie er reagieren würde, wenn sie sich gegen seine Ausbrüche wehrte.

Der Tranpad gabelte sich. Rechts von ihnen befand sich ein großes Gebäude. »Du darfst entscheiden, Liebste. Gehen wir rechts oder wenden wir uns nach links?«

Lili sah das Haus. Riss an ihrer Hand, alle Vernunft verließ sie, sie musste zu den Menschen, die nur ein paar Schritte entfernt in dem Haus waren.

Er schaffte es, sie an ihrem kleinen Finger festzuhalten. Das Gelenk knackte. Ein ungutes Geräusch.

Dabei stolperte Lili, und wurde noch im Fallen heftig hochgerissen. Der kleine Finger stand jetzt seltsam ab. Lili starrte darauf und dann erst setzte der Schmerz ein.

»Ach. Wie spaßig. Du erinnerst dich an unsere alten Spielchen. Siehst du, nichts ist vergessen, ich habe Lust und Schmerz in dich eingebrannt. War doch wunderbar mit uns beiden? Komm weiter, wir gehen durch die Dünen. Du liebst doch die See. Weißt du noch? Vor etlichen Jahren waren wir beide schon einmal hier. Schön war es. Nicht wahr? Und da nimmst du dir einfach einen anderen und lässt dir ein Kind machen? So nicht. Da hast du immer gesagt, ich werde nicht schwanger. Lügen haben kurze Beine und böse Seelen.« Fest griff er in Lilis Haare und riss daran. »Nun kannst du so schnell gehen, wie du magst. Wir sind gleich da. Und dann kannst du tun und lassen, was du willst …«

Der Wind wehte den Sand auf. Wehte ihn in Lilis Schuhe, in ihr Gesicht, in die Haare, feine Körner legten sich auf die Wimpern und verursachten ein kratzendes Jucken. Je mehr sie versuchte, sie zu entfernen, um so mehr schienen sie zu haften, fast festzukleben.

Urlauber in bunten Windjacken stapften heran. Der Mann beugte sich über Lili, flüsterte: »Und du bist still.«

Mitspielen, ich muss mitspielen, dachte Lili. Er küsste sie, biss in ihre Lippen, und sie roch wieder diesen schwachen Geruch nach Tier. Mit der anderen Hand griff er in ihr Genick – so lange, bis die Urlauber vorüber waren. Einer drehte sich um und rief ihnen zu: »Muss Liebe schön sein.«

***

»Auch wenn die Kollegen beinahe alles durchsucht haben, ich nehme mir die evangelische Kirche vor. Die neue.«

»Wernicke und die anderen waren schon in der Kirche«, sagte Jörgensen.

»Die haben in der alten Inselkirche am Norderloog gesucht. Aber nicht in der An d' nee Kark.«

***

Die Tür stand offen. Die beiden Polizisten betraten das Gebäude. Kühle und stille Luft empfing sie. Schmeckte nach Feuchtigkeit. Nach Gebeten. Nach Wünschen. Unter der Kanzel wischte eine Frau den Fußboden. Erstaunt schaute sie hoch.

»Frau Jungedon, haben Sie etwas gefunden? Andersherum gefragt ...«

»Wie? Was? Gott bestimmt nicht.« Sie lachte. Es klang spöttisch.

»Hören Sie mir bitte zu: Haben Sie ein Baby gefunden? Es müsste in einem dunkelblauen Kinderwagen liegen.«

»Oder in einer Decke?«, sprach Nathan dazwischen.

»Ein Baby? Wie das? Dann hätte ich mich jetzt doch ums Kind gekümmert. Und wieso soll ausgerechnet in unserer Kirche ein Kinderwagen samt Inhalt abgestellt worden sein? Nach dem Motto: ›Ihr Kinderlein kommet?‹ Weihnachten ist noch weit weg. Hören Sie, ich hab eben erst aufgeschlossen und grad mit dem Putzen begonnen. Sagen Sie's nicht der Pastorin, bin zu spät dran, es kamen noch Gäste und da ... Ist ja auch nicht schlimm, wenn die Kirche ein wenig länger als sonst offen bleibt. Ich hol ja alles nach. Wem gehört denn das Kind? Was ist passiert?« Frau Jungedon fuhr sich ratlos durch die eng gekräuselte Dauerwelle und riss dabei die Augen auf, als würden die mithören.

Nathan winkte ab. Das Gerede zerrte an seinen Nerven.

»Ich mach denn mal weiter. Hier ist kein Kinderwagen. Sehen Sie doch.« Energisch hob Frau Jungedon den Feudel und knallte ihn vor die Kanzel. Dabei stolperte sie gegen ihren Wischeimer, der scheppernd kippte, und das Wasser verteilte sich. Die Frau rutschte aus und knallte auf ihr ausladendes Gesäß. »Au, verdammich.«

»Pfui«, sagte Jörgensen.

Blödes Weib. Nathan ging durch den Kirchenraum und sah ihn sich sehr genau an. Lauschte. Ging weiter zum Altar, betrachtete das Altarbild mit den törichten und den klugen Jungfrauen, sah hinter den Hauptaltar und fand – nichts. Nichts und niemanden. In dem feinen Staub, der hier wohl schon länger lag, waren auch keine Spuren von den Rädern des Kinderwagens zu sehen.

Jörgensen stieg auf die Kanzel. Natürlich hatte hier keiner Nele abgestellt. Aber er konnte so besser ins Kirchenschiff gucken.

Frau Jungedon rief: »Ach. Deshalb gab es heute das Polizeiaufgebot. Ich dachte, brennt mal wieder ein Mülleimer, und wunderte mich – wegen so was solch ein Theater.«

Spiekeroog

21. September 2011

19.

Am Strand warnten Hinweisschilder Spaziergänger vor großen Fahrzeugen. Der Mann erklärte Lili: »Die arbeiten an einer Dünenaufschüttung. Aber die Dumper müssen lange fahren, bis sie den Sand zusammen haben. Aber das ist heute nicht unser Thema. Weiter, nur weiter!«

»Ich kann schon lesen!« Lili ballte die Hände zu Fäusten. Warum lässt er mich nicht gehen? Er ekelt mich an. Sie konnte nicht mehr, sie fühlte sich unendlich erschöpft. Wieder spürte sie das Entsetzen und wusste, er spürte es auch und ergötzte sich daran.

Sie stolperte.

»Hör auf damit. Geh hier entlang.« Er zeigte vage geradeaus. »Mal wieder Tränen? Selbstmitleid hilft gar nicht. Sei mutiger, Lili. Denn wärest du mutig, dann … Aber ich erkläre dir nichts mehr. Schau mal dieses fantastische Panorama! Da hinten ist der Himmel noch hell … Und dieses Strandstück ist so einsam. All die Leute sitzen beim Essen. Aber wir haben die Schönheit für uns. Sieh, das Meer, wie es glitzert. Dazu der Himmel und du …« Er legte eine kleine Pause ein und setzte nach: »Blöde Kuh. Reimt sich sogar.«

»Lass mich jetzt gehen. Du hast deinen Spaß gehabt«, sagte sie.

»Lili«, er zerrte ungeduldig an ihr, »ich bin seit Monaten hinter dir her, um dich zu treffen. Ich habe geplant, und bisher bist du mir jedes Mal sozusagen entwischt. Aber heute sorge ich dafür, dass du so lange bei mir bleibst, wie ich es will.«

»Du machst mir Angst«, sagte sie.

»Angst, Angst, Angst. Lächerlich. Jammer nicht rum.«

Wind zerwehte den Strandhafer und bog das Gras flach.

Lili sah das Meer, sah ausgeblichene Hölzer, leere Flaschen, Tang und Muscheln – Spielzeuge der Flut. Und ringsum nur Sand, nassdunkler Sand, und am Himmel schoben sich Wolken zusammen.

Sie fröstelte.

Lili erinnerte sich auch daran, dass der Mann sie in Münster mehr als einmal gefesselt hatte. Nie hatte sie sich getraut, nie hatte sie den Mut aufgebracht, sich zu wehren. Es war die Vergangenheit und die auftauchenden Bilder, die sie lähmten. Das alles vermischte sich mit dem Augenblick, den sie gerade erlebte, und machten sie unfähig, sich zu entscheiden. Wenigstens schaffte sie es zu sagen: »Lass mich gehen. Ich muss nach dem Baby suchen, ich muss zur Aufführung. Hau ab. Ich will dich nie im Leben wiedersehen. Und ich will dein dämliches Geschenk nicht. Ich will nichts von dir.«

»Endlich zeigst du mal wieder ein bisschen Temperament! Geht doch. Mich nicht wiedersehen … Kann schon sein, dass du es nie mehr tust.«

Er ließ Lili los. Es dauerte eine Sekunde, bis sie dies begriff. Sie schwankte, drehte sich weg und rannte durch den Sand.

»Wie lustig! Weißt du nicht, dass ich schneller bin als du? Und dein Geschenk? Schon vergessen? Du liebst doch Überraschungen. Weshalb regst du dich auf?«

Ich könnte dir den Hals umdrehen. Das dachte Lili, sagte es aber nicht. Mühsam zwang sie sich ein schiefes Lächeln ins Gesicht. Es sah todtraurig aus. »Ich hab mir schon gedacht, dass du so etwas sagen würdest. Du bist ja immer noch so zynisch wie früher.«

Er warf ihr einen scharfen Blick zu, aber sie sah ihn nicht an.

Spiekeroog

21. September 2011

20.

»Ulf«, rief Nathan durch die Kirche, »durchsuchst du noch den Innenhof? Und frag bitte den Kurkantor, ob er etwas gesehen hat? Vorsichtshalber. Ich suche hier noch einmal alles ab, obwohl – eigentlich hab ich das längst schon getan. Ich nehme mir noch die Orgel vor.«

Frau Jungedons murmelte: »Glauben Sie mir, hier ist kein Kind. Und schreien Sie nicht so. Auch wenn Sie von der Polizei sind, geht doch nicht, das hier ist ein Gotteshaus.«

Höchstens zwei Minuten später rief Nathan nach seinem Kollegen.

***

Die Lokale waren gut besucht. Gäste, die gehört hatten, dass ein Kind vermisst wurde, unterhielten sich darüber. Manche entwickelten ihre persönlichen Theorien und fanden es eher komisch, dass ein Kommissar während der Dienstzeit seine kleine Tochter betreute. »Alles von unseren Steuergeldern … Wenn das jeder Beamte machen würde …!«

»Die haben ja einen Lenz«, schwatzte behäbig ein Dicker mit dünnem Schnäuzer wie aus den zwanziger

Jahren. Ein Einstecktuch lugte aus der Tasche seiner dunkelblauen Walkjacke hervor. »En der freia Wirdschafd? He noi, des kannsch ned macha. An Kerle, wo schaffd als Kenderschweschder!«

»Hast du noch nie etwas von Elternzeit gehört?«

»Kannste als Lehrer machen. Na, die Polizei hat hier endlich einmal richtig was zu tun. Sonst passiert auf einer kleinen Insel doch nichts. Ein Baby? Entführung? Hat der Mann Geld? Doch wohl eher nicht. Ich meine, so ein Hauptkommissar verdient jedenfalls nicht so viel, dass man ihn erpressen könnte. Hat sich der Entführer schon gemeldet? Wie hoch ist die Forderung?«

»Du machst wieder eine wilde Story daraus, du bist einfach nur peinlich!«, sagte der junge Mann, der mit am Tisch saß. »Papa! Und red leiser, die Leute gucken schon!«

»Was ich zu sagen habe, kann jeder hören! Nachher hat der Vater …«, sinnierte er unangenehm laut. »Es gibt doch solche perversen Schweine.«

Abrupt wurde es in dem Restaurant still. Betreten schauten die Gäste einander an.

***

Ulf Jörgensen rannte Nathan entgegen. Seine Lippen formten: ›Nele‹?

Nathan hielt etwas hoch. Ein dünnes, fein gearbeitetes Silberkettchen mit einem Oval in der Mitte, das die Gravur trug: *Nele Töwer * 30. Mai 2011.*

»Dann war sie hier! Bitte, lass uns noch einmal alles absuchen. Sie war hier, meine kleine Nele … Gehört das zu einer perversen Schnitzeljagd?« Während seine Gedanken Abscheuliches produzierten, wurde Nathans Stimme leiser, er schwankte zwischen Hoffnung und Furcht und dazwischen machte sich Trauer breit.

Jörgensen überlegte. Das Kind muss nicht in der Kirche gewesen sein. Sein Entführer kann das Kettchen verloren oder bewusst als Spur ausgelegt haben und Nele ist längst ….

Oh Gott, nein.

***

Milchiger Nebel schwebte über dem Strand, Konturen schienen aufgehoben, unter den Füßen konnte alles sein. Fester Boden, ein Priel oder schon das Meer. Durch den Dunst konnte man ahnen, dass der Himmel sich in ein grünliches Blau verfärbte, das stets dunkler wurde. Austernfischer hüpften leichtfüßig.

***

»Ich hab mir überlegt, dass ich dich jetzt loslassen werde. Vertrau mir. Du hast mir einmal sehr vertraut. Renn nicht weg. Du würdest es bereuen.«

Sie sah auf den Boden.

»Was mein ist, bleibt für immer mein.« Nachdenklich wirkend fügte er hinzu: »Was bin ich glücklich.« Dann grinste er aufreizend und überlegen, veränderte den Ausdruck wieder und sagte sanft: »Jetzt ist es an der Zeit, dir dein Geschenk zu überreichen. Komm!«

Er zog den Reißverschluss seiner Wachsjacke herunter, griff in eine der eingearbeiteten Innentaschen, zog auch hier einen Reißverschluss auf, nahm etwas in Papier Eingepacktes heraus, betrachtete es, und hielt die Hand wie schützend davor.

Spiekeroog

21. September 2011

21.

Im Saal breitete sich Unruhe aus. Inzwischen war es längst nach neunzehn Uhr. Mia und Katinka mussten anfangen. Dass Lili nicht gekommen war, konnten sie dem Publikum nicht sagen. Das wollte sich amüsieren. Jetzt. Mia fragte: »Lili sucht doch nicht auf eigene Faust?«

»Dann hätte sie uns Bescheid gegeben. Und inzwischen kommt mir Neles Verschwinden seltsam vor. Wir sind doch nicht in Hamburg oder Bremen … Aber das ist jetzt völlig schnurz, ich will wissen, wo Lili ist. Da stimmt wat nicht.«

»Katinka! Es wird sich alles aufklären.«

»Und wir improvisieren jetzt mit der heißen Nadel. Findste dat jut? Ich krieg noch dat arme Dier. Hömma, wie stehn wir da, wenn wir die Vorstellung verbaseln? – Da gibt's heut keine Sternkes inne Augen, wenn de dat denken tust.«

Wenn Katinka erregt war, verfiel sie in ihr heimatliches Ruhrdeutsch.

Routiniert warfen sich Mia und Katinka irrsinnige Geschichten aus dem wahren Leben zu, wie ›Gibt's ein Leben ohne Zahnbürste?‹. Sie vermischten ihre Texte mit bissigen Bemerkungen zur Realpolitik, Sozialkritisches mit niederschmetternd komischer Sinnlosigkeit. Sie erzählten von der Sehnsucht nach einem entspannten Aufenthalt in der Firmenlounge, nach erhöhter Wahrnehmung im Literaturkreis mit Verleihung einer handgemalten ›Talent‹-Urkunde.

»Clowns haben auch mal Ausgang … Ja, die Lili. Sie muss Berta suchen … Dieses Huhn ist ihr entfleucht, dieses Huhn, das nur auf Lilis Schulter sitzen darf … Ist das ein Webfehler des Schicksals?«, fragte Mia.

»Nein, Frau Lehmann! Des Badeanzugs. Schauen Sie, die Laufmaschen allüberall«, skandierte Katinka. »Da rinnt das Schicksal nur so durch. Samt Huhn.«

Das Publikum buhte. »Berta, Berta!«

Geistesgegenwärtig nahmen Mia und Katinka die Rufe auf und improvisierten blitzschnell einen neuen Sketch um Berta, so dass sie beinahe vergaßen, dass Lili nicht anwesend war. Aber eben nur beinahe.

Mia ging zum Klavier, schlug erste Töne an, da wusste Katinka, worauf die Freundin hinauswollte. Schnell nahm sie die Gitarre aus dem Koffer, der schon aufgeklappt dalag, und stimmte sie. Die Frauen konnten hervorragend Gitarre spielen. Katinka sang während ihres Spiels das ›Huhn-Lied‹ von Helge Schneider. »Die Nacht ist schwarz/im Hühnerstall ist's dunkel/in der Ecke eine alte Runkel/Lalalala lalalala/Die Nacht ist schwarz/Im Hühnerstall ist's dunkel/Da malt sich etwas ab/Es ist das Huhn/Kartoffelsalat …«

Damit hatten sie das Publikum. Die Leute klatschten begeistert.

***

Längst befand sich Harry Lachnit auf der Autobahn. Sein Handy hatte er ausgeschaltet. Er war ärgerlich auf seinen Geschäftspartner. Ich mache die Arbeit und er pflegt seine Bösartigkeiten. So geht das nicht, mein Lieber! Sonst behalte ich die Mücken. Ich meine, wer sich nicht wie verabredet meldet, hat selber Schuld.

Und jetzt war er weder auf Anfragen oder Nachfragen nach Eigentumswohnungen auf Spiekeroog oder in Neuharlingersiel zur Altersvorsorge erpicht. Die Angelegenheit ist für mich abgeschlossen. Luft-Immobilien sind ein Spiel, schließlich spielen alle, und die Gelder sind meine Boni. Schließlich muss auch ich leben und mir wieder einmal eine neue Identität zulegen …

Spiekeroog

21. September 2011

22.

Möwen jagten einander lautlos. Lili starrte auf das, was der Mann in der hohlen Hand hielt. Aber sie konnte es nicht erkennen.

»Nicht gucken. Schließe die Augen, meine Süße, und lausche …«

Lili ließ die Augen offen und überlegte krampfhaft, was er vorhaben könnte.

Er hatte ihre Füße mit einer Nylonschnur fest zusammengebunden. Er hatte versprochen, wenn sie sein Spiel bis zum Ende mitspielen würde, wäre sie in wenigen Minuten frei und sie würden einander nie mehr wiedersehen.

»Mach die Augen zu und bleib ruhig!« Er schlug einen unangenehmen und lauernden Ton an.

Lili gab nach.

Er hielt ihr ein Glas gegen das Ohr. Lili vernahm ein Summen, oder ein Brummen, vor Anspannung und Abwehr konnte sie das nicht auseinanderhalten. Sofort begann ihr Herz zu rasen. Sie schrie. Gellend.

»Lass die Augen zu. Ruhe! Sonst – bleibst du hier gefesselt stehen. Willst du das?«, herrschte er sie an und nahm das Glas wieder fort. Lili zitterte. Aber sie schrie nicht mehr.

»Faszinierend, was ein paar dicke Fliegen auslösen können.«

Für einen langen Moment war es still. Dann waren Schritte im Sand zu hören. Ein Atmen. Es wurde etwas geschoben. Der Mann flüsterte mit jemandem. Aber Lili konnte nichts verstehen.

Sie hörte, als er sich wieder näherte. Ihre Beine abtastete und die Fessel durchschnitt. Während er das machte, hörte sie wieder dieses böse Brummen.

Sie machte die Augen auf. Sie stand da, die Füße in den blassen Sand gestemmt. Es war, als habe der Mann sie erneut gefesselt.

Er sah sie an. Und schlug ihr ins Gesicht. Nicht besonders heftig, aber ihr kam es vor wie ein Peitschenhieb. Jetzt lachte er. Es hörte sich wahnwitzig an. Eine innere Stimme drängte, lauf, Lili, lauf! Jetzt!

Sie konnte es nicht.

Und jetzt erst nahm sie die Frau wahr. Den Kinderwagen.

»Schau, Lili, wen Nola bei sich hat!«

Eine Frau um die dreißig ruckelte einen dunkelbraunen Kinderwagen. Sie hatte ein breites Gesicht und ihr blondes Haar zu einem Pferdeschwanz zusammengebunden. Jetzt beugte sie sich vor und hob ein Baby heraus. Es trug ein rosafarbenes Höschen und Jäckchen. Auf dem Kopf saß eine dicke braune Strickmütze. Das Baby gähnte und steckte den Daumen in den Mund.

»Ist das Nele?«, fragte Lili. Hatte der Kommissar nicht gesagt, sie habe keine Mütze auf? »Wo haben Sie es gefunden? Warum haben Sie das Kind nicht zur Polizeiwache gebracht?«

»Das werden Sie tun«, sagte die Frau.

»Was haben Sie mit ihr gemacht? Wer sind Sie?«

»Ich habe lange darüber nachgedacht«, sagte der Mann. »Es gibt so Gründe … Ach. Warum soll ich sie dir erzählen. Wir sind ja noch nicht ganz fertig.«

»Der Auftrag ist ausgeführt«, sagte die Frau. »Mein Gott, was suchen die im Dorf und jetzt auch in den Dünen … Also, Beeilung. Ich will damit nichts zu tun haben. Der Kommissar scheint mit den Nerven am Ende zu sein. Deshalb setzt er seinen Verstand nicht ein. Wie Männer manchmal so sind. Mit dem Kind bin ich sogar an ihm vorbeigegangen. Er hat es nicht gemerkt. Nur, weil ich einen andersfarbigen Kinderwagen schob. Und so einer ist Polizist. Aber oft kommt man nicht darauf, dass, was nahe bei einem ist, das Gesuchte sein kann. Genug der Worte. Ich will weg. Auf Wiedersehen, nein, besser nicht«, sagte sie. Ihre Stimme klang derb. »Was du nun mit dem Blag machst, ist deine Sache«, wandte sie sich zu dem Mann. »Und jetzt die Kohle!«

Er lächelte. »Ich habe etwas sehr viel Besseres für dich!« Wieder griff er in die Innentasche, dieses Mal in die andere, und zog eine farbig bedruckte Broschüre hervor. »Sieh mal. Für dieses Husarenstück schenke ich dir …« Er beugte sich vor und sah die Frau an, küsste sie, anhaltend und heftig, so lange, bis er merkte, dass ihr Körper nachgab, sich gegen den seinen schob, und da ließ er von ihr ab. »Eine Wohnung. Eigentum. Für dich ganz allein. Sie befindet sich in einem Neubau in Neuharlingersiel. Eine großartige Wohnung. Alles Weitere regeln wir noch.«

Während sie verblüfft den Mund offen ließ, wie eine Einladung für einen neuen Kuss, eine Umarmung, wie eine Vorfreude auf diesen Mann, herrschte er sie an: »Nun verschwinde. Schnell.«

Sie riss ihm das Heft aus der Hand. »Und wehe, das stimmt nicht!«, sagte sie. »Eine Wohnung? Wirklich? Und du besuchst mich mal?«

»Ich tue alles, was du willst«, sagte er.

Nola verschwand zwischen den Dünen. Das Meer sah grau und trostlos aus. Das Dorf lag im Dämmerschatten.

***

»Was habt ihr mit dem Kind gemacht?« Sie dachte erbittert: Das hast du fein ausgeklügelt ... Aber warum? Was hat die Frau, was hast du davon? Weil du dachtest, es wäre meins?

»Was, was? Was wohl? Das geht dich nichts an. Nicht mehr. Und jetzt, Lili ...«

»Lass mich mit Nele gehen. Bestimmt braucht sie einen Arzt.«

»Sicher. Vielleicht. Vielleicht auch nicht. Warte noch einen kleinen Moment, das Wichtigste, mein ganz persönliches Geschenk an dich, hast du ja immer noch nicht.«

Lili dachte, ich kann doch nicht die Kleine hier stehen lassen.

»Du kannst ihr was vorspielen, Clowns sind doch auch Zauberer. Zeig es der Kleinen. Und zeig es mir. Ein letztes Mal. Ich zeig dir jetzt auch etwas.«

Lili spannte die Muskeln an. Zum Wegrennen mit der Kleinen. Ruhig bleiben, ermahnte sie sich. Sonst dreht er durch und dann …

Aus der Jackentasche zog er eine Schachtel. Ging damit zum Kinderwagen und beugte sich über das Kind. Er hob den Deckel an. Träge krochen darin zwei Bienen. Er nahm das Kissen und schüttelte die Tiere auf das Baby und deckte es wieder zu. Der Mann stand so, dass Lili alles beobachten konnte.

Der Boden gab nach. Aber nein. Es war nur Sand. Lilis Beine bebten unkontrolliert. Sie schwankte und hatte nichts, woran sie sich festhalten konnte.

Er sagte: »Wir zwei sind noch nicht fertig. Du hast mich verlassen, und dafür muss ich dich strafen … Du bist mein Experiment. Rette das Kind vor den Bienen, bring es zurück ins Dorf. Aber halt«, er hielt sie fest, »vorher noch mein ganz besonderes Geschenk. Ich habe es dir versprochen.«

Jetzt zauberte er Neues aus den Jackentaschen. Er wies auf den kleinen Behälter, den er aus einer bunten kleinen Tüte zog.

»Mund aufmachen!«

Sofort presste Lili die Lippen zusammen.

»Mach kein Theater. Das kannst du sehr viel besser auf der Bühne!«

Lili zog die Lippen in den Mund.

»Dann brauche ich doch ein bisschen Gewalt! Du willst es nicht anders.«

***

Der Mann drückte mit Daumen, Zeige- und Mittelfinger gegen Lilis Kiefer. Als sie den Mund aufriss, legte er etwas auf ihre Zunge, weit hinten, kurz vor dem Zäpfchen. »Nicht runterschlucken. Das wäre fatal. Und nun kannst du rennen, wohin du willst. Alles Gute.«

Kalter Schweiß brach ihr aus. Sie hielt die Lippen geschlossen und atmete durch die Nase.

Der Mann rannte fort. Alles schien ein grausamer Traum gewesen zu sein.

Bienen? Eine Biene? Er hat mir eine Biene in den Mund gesteckt! Hat er? Wirklich?

Das Baby schrie.

Eine Biene.

Das ist das Ende.

Ungeschickt tastete Lilis Zunge im Mund, fühlte nach, die Zungenspitze geriet an etwas Pelziges. Auskotzen, rotzen, spucken.

Das Kind schrie.

Neles Unruhe brachte sie durcheinander. Alles ging schnell. Sehr schnell. Als Lili ausspucken wollte, hochsprang, weil sie dachte, sie wäre gerade in die Zunge gestochen worden, versagten ihre normalen Reflexe. Statt auszuspucken, schluckte sie. Ein Schrei platzte aus ihr heraus. Aber sie hatte die Biene geschluckt. Lili wurde es schwindelig. Geschluckt, jetzt sticht sie in die Luftröhre! Schon fühlte Lili das Anschwellen, ihr Hals zog sich zu, sie fühlte genau, wie es immer enger und enger wurde, sie wollte atmen, schlucken, würgen, Spucke floss aus dem Mund, sie japste mit einem komischen Fiepen, drehte sich um, flog gegen den Kinderwagen, stürzte, stieß mit dem Hinterkopf gegen einen Stein, griff an den Hals, sie lag auf dem Boden, ihre Augen quollen vor. Luft. Luft. Luft.

Ein Sirren zog durch Lilis Kopf. Ihr Herz schlug immer langsamer. Eine Hummel flog mit tiefem Brummen weiter und der Himmel war ein strudelndes Meer.

Vögel kicherten. Büsche bekamen riesige Mäuler und neigten sich über sie. Lilis Fingerknöchel stachen weiß hervor, die Hände verkrampften sich. Lilis zappelnde Beine fühlten Steine und Sand. Ein Summen, wie von tausend Bienenflügeln, zog durch ihren Kopf und wieder heraus.

Gräser strichen über ihre Beine, der Wind nahm zu und wurde kälter.

Das Baby schrie.

***

»Wir fahren jetzt. Du über den Hellerpad zum Strand, ich über den Tranpad. Der Hubschrauber ist noch mal unterwegs und diesmal mit der Wärmebildkamera. Wenn sich Nele noch auf der Insel befindet, wird sie großen Hunger haben, falls man ihr nichts gegeben hat. Das heißt, sie schreit wie am Spieß. Und wenn sie jetzt draußen sein sollte, ist sie möglicherweise schnell unterkühlt. Ohne Mütze, vielleicht inzwischen ohne Kissen, was wissen wir denn schon?«

»Nichts«, sagte Jörgensen.

***

Er kam an dem weitläufigen Schulgebäude vorbei, stieg ab, leuchtete die Umgebung mit einer Taschenlampe aus, als er über sich die lauten Rotoren des Hubschraubers hörte. »Endlich.«

Der gelbe Christoph 26 zog mit dröhnenden Turbinen über die Dünen und setzte am Ende des Badestrandes zur Landung an. Weithin sichtbar waren die riesigen Buchstaben ADAC zu lesen. So schnell Nathan konnte, trat er in die Pedale. Schon peitschte der kalte Abwind der Rotoren in sein Gesicht.

Sand wirbelte, Gräser und Büsche wurden flach gepresst. Vom anderen Weg her näherte sich Ulf Jörgensen.

Sanitäter und Notarzt legten ihre weißen Helme ab, sprangen aus dem Cockpit und rannten mit Tasche und Trage auf eine Düne zu.

Nathan schmiss das Fahrrad hin. Und da hörte er das erboste Weinen eines hungrigen Babys.

Nathan und Jörgensen kamen fast zusammen an. Sie sahen den Kinderwagen. Sie erkannten Lili, die auf dem Boden lag. Im Licht der Taschenlampen sah sie blaugrau aus.

Nathan raste zum Kinderwagen und nahm das Baby hoch. Neben ihm stand der Sanitäter mit einer Wärmedecke und legte sie um das Kind. »Scheint in Ordnung zu sein, Ihre Kleine. Hier, ich habe Babynahrung dabei.« Er reichte Nathan eine Warmhaltebox.

Jörgensen hob das Kissen im Kinderwagen hoch und sah, wie zwei Bienen über den Bezug krabbelten. Schnell zog er aus seiner Jackentasche eine Dose mit Lutschpastillen hervor, öffnete sie, schüttete aus, schob die offene Dose über die Insekten. Sie taumelten hinein und Jörgensen verschloss die Dose.

***

»Der Kreislauf muss stabilisiert werden«, sagte Dr. Paulsen und nickte Nils, dem Sanitäter, zu. Sie hoben Lili auf die Trage und brachten sie in den Helikopter. »Schnell den Defibrillator!« Der Arzt machte ein EKG, beobachtete die Sauerstoffsättigung und den Blutdruck. »Das sieht nach einer bösartigen Rhythmusstörung aus. Der Frau fehlt Sauerstoff!« Er startete das Gerät.

Nathans Tränen vermischten sich mit denen des Babys. Nele saugte, schluckte, saugte, verschluckte sich, Milch kam aus dem Mund und ihre Hände griffen nach der Flasche, um sich selbst den Sauger wieder hineinzustecken. Tiefe Schluchzer erschütterten den kleinen Körper und dann trank sie nur noch.

Der Sanitäter rief die 112. Über diesen Melder alarmierte die Leitstelle den Spiekerooger Rettungsassistenten. Der Rettungswagen kam nach kurzer Zeit ohne Blaulicht. Auf der Insel war dies nicht üblich. Der Assistent hatte über den Pieper einen der drei ortskundigen Fahrer gerufen.

***

Nils schloss die Türen. Christoph 26 war der einzige Helikopter, der auch bei Dunkelheit fliegen konnte.

Lilis Herz raste. Sie bekam immer noch zu wenig Sauerstoff und rang nach Atem. Sie wehrte sich heftig gegen die Maske, und der Sauerstoffverbrauch steigerte sich sehr. Ihre Augenlider flatterten. Dann flüsterte sie etwas. Dr. Paulsen beugte sich vor, presste sein Ohr gegen ihren Mund und nickte.

***

Der Krankenwagen hatte Nele, Nathan und Ulf samt Kinderwagen eingeladen. Sie fuhren zurück ins Dorf zum diensthabenden Arzt.

Spiekeroog

21. September 2011

23.

Vor dem Polizeibüro hielt der Krankenwagen. Während Nathan seine Tochter im Arm hielt, rannte Jörgensen, holte aus ›Neles‹ Zimmer frische Kleidung und Windeln.

Ich muss mich um Nele kümmern. Die Frau Stern ist sicher nur ohnmächtig geworden. Warum lag sie in Neles Nähe?

In der Praxis konnte er Nele ausziehen und waschen. Danach untersuchte der Inselarzt das Kind. »Die ist putzmunter. Aber zur Sicherheit sollte sie im Krankenhaus von einem Pädiater untersucht werden.«

Er orderte das Schnellboot. Schon fuhr der Krankenwagen mit ihnen zum Hafen. Und endlich rief Nathan Sonja an. Als sie sich meldete, konnte er kaum sprechen.

Sofort fragte sie: »Nathan, was ist passiert? Nele?«, rief sie angstvoll in den Hörer.

Während er sich bemühte, seine normale Stimme wiederzufinden, erzählte er alles. Alles, was er wusste. Und am Ende sagte er: »Das Schnellboot kommt. Sobald ich weiß, in welches Krankenhaus es geht, rufe ich dich wieder an. Bitte, weine nicht, jetzt ist alles gut«, sagte er tröstend und legte auf.

Er nahm eine Decke, wickelte das zufrieden strampelnde Kind hinein und ging zum Boot. Ulf Jörgensen war schon da. »Ich fahre mit.«

***

Nach der Vorstellung gingen Mia und Katinka sofort zu Lilis Ferienwohnung. Jede von ihnen war mit vielen Fragen beschäftigt. Es war kurz vor zweiundzwanzig Uhr. Die wenigen Laternen gaben in ihrem Umkreis warmes Licht, und die Häuser waren in ihre Feierabenddunkelheit gehüllt. Hinter den Fenstern und Gardinen konnte man die Gemütlichkeit darin erahnen.

Mia wies auf die beiden Fenster, die zu Lilis Wohnung gehörten. Katinka nickte beklommen. Im Apartment brannte kein Licht. Sie schoben die Haustür auf, machten die Flurbeleuchtung an und gingen direkt zu der weißgestrichenen Tür, hinter der sich die kleine Wohnung befand.

Mia klopfte. Noch einmal. Nach zwei Minuten sagte Katinka: »Das wird mir zu dumm«, und drückte die Türklinke hinunter. »Nicht abgeschlossen. Dann isse auch da.«

Sie schoben die Tür auf. Gingen in den Flur, der in die Wohnküche führte.

»Lili?«, fragte Mia. »Lili, spinnst du, die Vorstellung zu schmeißen! Schläfst du? Bist du krank?«

Das Apartment verströmte einen leisen Geruch nach Blüten. Lilis Duft. Das Bett war gemacht. Im Bad war niemand. Am Einbauschrank hing ihre Ersatz-Bühnengardeobe und auf dem Tisch lag die rote Clownsnase.

***

Lili kam in die Notaufnahme des Wittmunder Kreiskrankenhauses. Unter der Sauerstoffmaske war sie immer noch fahl und hatte die Augen geschlossen. Dr. Paulsen übergab sie den Kollegen.

***

Vom Schnellboot aus bestellte Nathan ein Taxi zur Hafenausfahrt West. Er rief Sonja an, damit sie dort auf ihn wartete und sie zusammen mit Nele in die Kinderabteilung des Wittmunder Krankenhauses fahren konnten. Dort war schon eine Kinderärztin informiert worden.

Im Sprechzimmer verbreitete Nathan eine solche Nervosität, dass die Ärztin ihm sagte, er möge bitte im Flur warten. Sonja durfte bleiben und beobachtete angespannt die Untersuchungen an ihrem Kind.

***

Keiner der Ärzte konnte Lilis Angst vor dem Ersticken lindern. Trotz der Medikamente, trotz ihrer Bemühungen setzte ihr Herzschlag aus.

Vor der Tür wachte Ulf Jörgensen.

Lili starb, ohne einem Menschen die grausige Geschichte dieses endlosen Tages erzählen zu können.

***

»Sieht nach einer positionalen Asphyxia aus«, sagte der Arzt später zu Jörgensen, der vor dem Bett stand, in dem die Tote lag.

»Was bedeutet das?«, fragte er.

»Ein lagebedingter Erstickungstod. Frau Stern hat

sich in einem extremen Erregungszustand befunden. Die Umstände scheinen mir recht eigenartig, und die genaue Diagnose muss noch festgezurrt werden. Warum war sie so erregt?«

»Also haben wir einen noch unklaren Exitus?«, fragte Jörgensen weiter.

Der Arzt zögerte. Überlegte.

»Sie sind sich nicht ganz sicher? Dann muss ich die Auricher anrufen und den Staatsanwaltschaft einschalten. O je, das hatte ich noch nie. Ab sofort ist die Leiche beschlagnahmt.«

Er tippte die Nummer in sein Handy. Jörgensen machte eine kleine Verbeugung, während er Staatsanwalt Dr. Storm am Telefon begrüßte. Schnell fasste er die Entführung und Lilis Tod zusammen und erklärte, dass Lili als Entführerin durchaus in Frage käme. »Aber sie kann auch den Kinderwagen mit dem Baby entdeckt haben. Aber warum sie? Das scheint eigenartig zu sein. Leider ist Frau Stern soeben verstorben. Hochgradiger Erregungszustand – ja, der behandelnde Arzt bestätigt eine unklare Todesursache. Augenblick.«

Jörgensen gab das Mobiltelefon dem Arzt, der den Staatsanwalt über den Todesfall aufklärte.

»Geben Sie mir noch mal den Inselpolizisten«, verlangte der Staatsanwalt. Verkrampft hörte Jörgensen ihm zu. »Also, unklar. Die Tote wird genauer untersucht, sie kommt nach Aurich in die Pathologie. Ich muss nur erst einen Richter auftreiben, der dem Ganzen zustimmt. Warten Sie auf meinen Rückruf. Machen Sie nichts auf eigene Faust.«

Storms Anruf erfolgte eine halbe Stunde später. Er teilte mit, dass der zuständige Richter zugestimmt habe. »Sie scheinen noch keine Erfahrung damit zu haben, Herr Jörgensen. Warten Sie auf den Kollegen Töwer. Er wird Sie unterstützen. Ich habe eben mit ihm gesprochen. Sein Töchterchen ist gesund. Die Abklärung der Todesumstände von Frau Stern geht sicher schnell. Der Sterbevorgang soll genauestens rekonstruiert werden. Schönen Abend noch!«

Spiekeroog

21. September 2011

24.

»Und wie zum Teufel sollen wir Lili finden?«, fragte Katinka, nachdem sie Lilis Apartment verlassen hatten. »Wo?«

Sie standen auf der Straße.

»Wir fragen in den Restaurants nach.« Mia presste die Lippen zusammen. »Ich verstehe es nicht! Das ist kein normales Verhalten. Und das weißt du auch. Lokale abrennen – haben wir doch alles hinter uns – wegen des Babys. Und wenn wir jetzt nach Lili fragen, wirkt das alles schon recht eigenartig. Vielleicht ist noch jemand auf der Wache. Ich meine, wir könnten erzählen, dass Lili … und gleichzeitig nach Nele fragen. Was meinst du?«

»Ich hab mir schon gedacht, dass du mit solchen Vorschlägen kommst«, sagte Katinka. »Was meinst du, wie das aussieht, falls die Polizeistation um diese Uhrzeit besetzt ist – die sehen das doch als Vorwand mit Lili und glauben, nur aus stinkiger Neugier lassen wir uns was einfallen, um etwas über Herrn Töwers Elend zu hören. Vielleicht musste Lili plötzlich wegen einer dringenden Familiensache an Land und hat vergessen, uns zu benachrichtigen.«

Mia fing an zu weinen.

»Lass das, sonst heule ich mit. Lili taucht schon wieder auf. Nur wir, wir machen uns total verrückt.«

Mia schnäuzte in ein Taschentuch. »Und wenn nicht? Denk an die Sache von heute Morgen. Die Biene in ihrem Zimmer. Vorher die Sache mit dem Zettel und den stinkenden Blumen … Sie war so verängstigt.«

»Ja. Aber. Meinst du, sie versteckt sich deshalb? Nur weil sie glaubt, morgen würden wieder Bienen in ihrem Zimmer liegen? Mia, jetzt bist du fast so hysterisch wie Lili heute früh«, sagte Katinka. »Aber – ich könnte mir noch eventuell vorstellen, dass sie sich in einem Hotel einquartiert und die Bettdecke über den Kopf gezogen hat.« Katinka blickte Mia entschlossen an, als wolle sie sich dadurch Mut machen. »Hör auf, mit deiner Heulerei holst du sie auch nicht her.«

»Was kannst du herzlos sein«, schniefte Mia.

»Nur realistisch. Oder ihr Liebhaber ist gekommen. Das ist doch sehr viel wahrscheinlicher als unsere Angsthypothese. Wir wissen nicht allzu viel von ihr. Außerdem kann eine erwachsene Person tun und lassen, was sie will. Aber fast die Vorstellung platzen zu lassen …«

»Genau das sagt mir, Lili ist etwas passiert!«

Bedrückt nahmen sie sich vor, falls Lili nicht spätestens morgen Vormittag aufgetaucht sei, zur Polizei zu gehen.

3. Teil

Spiekeroog

22. September 2011

25.

Die Frau, die Nola genannt wurde, fuhr mit der ersten Fähre des neuen Tages nach Neuharlingersiel. Dasselbe machte Ferdinand Protzow um neun Uhr. Einem Mitreisenden erklärte er, dass sein Urlaub vorbei sei und er wieder arbeiten müsse.

Mia und Katinka waren nach einer unruhigen Nacht, in der sie sich immer wieder die gleichen Fragen stellten, zu den Hotels gegangen und hatten nach Lili gefragt. Aber sie war in keinem gemeldet. Kurz nach zehn klingelten Mia und Katinka am Tranpad Nummer 3.

Ein übernächtigter und unrasierter Ulf Jörgensen öffnete ihnen. »Ich habe Sie schon erwartet.«

Noch in der Annahme, dass der Polizist Lili herbeizaubern könne, fragte Mia zuerst: »Ist Nele wieder da?«

»Das fragen Sie?« Ulf Jörgensen bemühte sich, seine Empörung zu unterdrücken. Er musste cool bleiben. »Setzen Sie sich, ich muss mit Ihnen beiden reden.«

Mia rückte mit dem Stuhl vor den Schreibtisch. »Frau Stern ist verschwunden.«

Katinka blieb stehen. »Wir finden Sie nicht.«

»Dass gerade Sie beide nach dem Kind fragen …! Ein vier Monate altes Baby zu entführen! Warum haben Sie das getan? Oder war es die Frau Stern und versteckt sich?« Er wollte ihnen noch nicht sagen, dass Lili tot war. Für Ulf Jörgensen waren die Frauen weiterhin verdächtig. Nur sie konnten etwas mit Neles Entführung zu tun haben.

Katinka knetete ununterbrochen ihre Hände und Mia wirkte älter als gestern. Nicht mal die Haare hat sie gewaschen, was sehen die fettig aus, stellte er fest.

»Ich verstehe überhaupt nicht, was Sie hier andeuten wollen, Herr Jörgensen«, sagte Mia. »Wir haben doch nichts mit Neles Verschwinden zu tun. Es hört sich an, als sei sie wieder da? Nun sagen Sie doch mal was dazu. Wo war sie denn? Wir brauchen Ihre Hilfe. Frau Stern ist nicht zur Aufführung gekommen – seit gestern Nachmittag haben wir sie nicht mehr gesehen.« Mia reckte sich.

»Erst verschwindet ein Kind und am selben Tag unsere Freundin?«, fragte Katinka. »Das ist schwer auszuhalten … Aber wir haben nichts mit der Kindesentführung zu tun. Wo wurde Nele gefunden?«

Jörgensen hörte aufmerksam zu. »Hat Ihre Freundin ein Problem?«, fragte er und vermied es, ›hatte‹ zu sagen. »Vielleicht Beziehungsstress? Jedenfalls wurde Frau Stern gestern mit einem Mann gesehen. Sie gingen spazieren.«

Katinka starrte ihn an. »Lili? Die will nichts von Männern wissen.«

»Das heißt, sie hat eine Enttäuschung hinter sich?«

»So würde ich das nicht nennen«, mischte sich Mia ein. »Außerdem ist die Geschichte Jahre her und vorbei. So hat sie es uns erzählt. Und versprochen, uns auf der Insel den Rest zu erzählen.«

Katinka seufzte. »Lass das sein. Du kannst doch nicht vor der Polizei Persönliches aus Lilis Leben ausbreiten. Das geht Herrn Jörgensen so viel an, als wenn ich sagen würde, ich kaufe mir morgen eine Wohnung und weiß noch nicht, wie ich das Geld dafür zusammenkriege. Herr Jörgensen, wir wollen eine Vermisstenanzeige aufgeben.«

Draußen gingen Spaziergänger vorüber. Das Wetter war freundlich. Der Tag wirkte, als gäbe es keine Sorgen.

Mia spielte mit dem Riemen ihres Rucksacks, seufzte und konnte nicht mehr damit aufhören. Ein Geräusch, das Jörgensen von seiner Mutter kannte – und es ging ihm grässlich auf die Nerven. Jetzt war einer dieser Augenblicke, die alle in diesem Raum und jeder auf seine Weise mit Alltäglichkeiten dehnen wollte, in dem man nur Himmel sah, Menschen, die vorübergingen, ein Schulterriemen wichtig und die Wand ein spannendes Objekt wurde, die sie anschauten ob ihrer Leere und dennoch – die Leere füllte sich mit Fragen, immer neuen, die weder Katinka noch Mia auszusprechen wagten.

Als das Telefon klingelte, nahm Jörgensen ab. »Guter Mann, die Firma gibt es nicht auf Spiekeroog. Soweit ich unterrichtet bin, wird bei uns auch nicht gebaut. Sie haben angezahlt und wollen ihr Geld zurück? Anzeige wegen Betrugs aufgeben? Rufen Sie später noch einmal an. Tschüs.«

***

Jörgensen hatte längst schon mit Nathan telefoniert und wusste, dass Nele keinen Schaden genommen hatte. Morgen wollte Nathan wiederkommen. So war es ausgemacht und auch, vorerst Mia und Katinka nichts von Lilis Tod zu erzählen. Aus taktischen Gründen.

»Waren Sie in Frau Sterns Ferienwohnung?«, fragte Jörgensen.

Mia und Katinka nickten.

»Haben Sie Ungewöhnliches entdeckt?«

»Nein.« Katinka knackte mit den Fingerknöcheln.

»Waren Sie gestern in der Kirche?«

»Nicht in. Davor!«, sagte Katinka.

»Also gut. Davor. Und vor welcher?«

»Der am Norderloog. Ich meine die alte Inselkirche – aber sie war geschlossen«, antwortete Katinka.

»Ich habe zu tun. Aber Sie beide halten sich zu unserer Verfügung bereit«, erklärte Jörgensen umständlich.

»Zur Verfügung? Warum? Wir melden, dass Lili Stern weg ist und Sie behandeln uns wie Kriminelle!« Katinkas Gesicht bebte vor Empörung.

Jörgensen sonderte einen gequälten Laut ab. »Kommen Sie um halb vier wieder. Dann ist Frau Pommerenke, unsere Sekretärin, da – das Protokoll muss noch geschrieben werden. Außerdem brauchen wir etwas mehr Zeit für Ihre Befragung mit Diktafon.

Also, für Ihre Zeugenaussage«, berichtigte er sich hastig, obwohl er an eine Befragung dachte. »Ab morgen habe ich wieder Verstärkung. Ich kann nicht alles auf einmal machen.«

Münster – Spiekeroog

22. September 2011

26.

Die Frau, die sich Nola nannte, war in ihrer Münsteraner Wohnung Am Inselbogen angekommen. Mit der ihr eigenen Entschlossenheit hatte sie versucht, während der Rückfahrt in ihrem Fiat 500 alle Ereignisse auf Spiekeroog, an denen sie beteiligt war, abzuschütteln. Sie glaubte, sie habe jetzt nichts mehr damit zu tun. Noch immer staunte sie, wie leicht alles gegangen war. Ihr Arbeitgeber und Einmalliebhaber hatte schon bizarre Einfälle.

Auf ihrem Klingelschild stand *Erika N. Nollmann*. ›N.‹ für Notburga. Aber diesen zweiten Taufnamen hatte sie schon lange in ›Nola‹ umgewandelt. Sie war der Ansicht, dass ihre Taufnamen eine Strafe waren. Denn wer hieß heute mit gut dreißig Erika oder gar Notburga?

Sie hatte Hunger. Den hatte sie ständig, seitdem ihre kurze Affäre mit ihrem Chef zu Ende war. Ihr hatten die Stunden in jener einen Nacht nicht gefallen. Nola war mit anderen Vorstellungen zu ihm gegangen, mit welchen genau, konnte sie heute nicht mehr sagen. Wenn man einen Mann attraktiv und erotisch fand, fragt man sich das in dem Gedränge hochschießender

Gefühle nicht. Nur, Schläge auf den Hintern, seine Hand fest um ihren Hals, bis sie Atemnot bekam, das war neu für sie gewesen. Sie hatte sich heftig gewehrt und den Mann mit einem gezielten Tritt an der richtigen Stelle getroffen.

Trotzdem arbeitete sie in seinem Restaurant als ›Mädchen für alles‹ weiter. Das war demütigend, aber sie fand keine Arbeit für den Stundenlohn, den sie bekam. Ihr Chef zahlte gut und auf das Geld war sie angewiesen. Und für Geld nahm Nola einiges in Kauf.

Seit dieser unguten One-Night-Stand-Erfahrung aß sie zu oft, zu viel und nahm zu. Essen war ihr lieber als Ferdinand Protzows brutale Liebe. Und jetzt hatte er ihr für die Kindesentführung eine Eigentumswohnung versprochen. Sie fand, dass er dazu auch noch Bares rausrücken müsste. Mit Geld und Gut würde sie neue Freunde kennenlernen und erst recht, wenn sie bald sehr viel komfortabler wohnen würde als jetzt.

Sie sah sich in ihrer Wohnung um. Einheitsschnitt. Fenster, Balkontür, rechteckiger Raum. Raufaser, einst weiß, inzwischen angegilbt. Küche. Schmal und dunkel, weil gegenüber ein Hochhaus dem Licht die Luft nahm. Das Schlafzimmer beherbergte ihr Bett, einen Schrank und reichlich Kram. Alles im Internet bestellt, Dinge, die sie nie brauchen oder gar anziehen würde. Zuletzt hatte sie sich die Blondinen-Tastatur bestellt. Knallrosa. Auch die konnte sie nicht benutzen, da Nola weder über einen Laptop noch über einen PC verfügte. Aber sie wünschte sich einen Laptop. Die meisten Dinge in diesem Zimmer leuchteten in zartem Rosa und einem schrillen Pink. Man hätte annehmen können, dass hier eine Neunjährige hauste. Das wusste sie alles. Aber seit ihrer grauen Kindheit hatte sie einen großen Nachholbedarf, den sie in Farben besser ausdrücken konnte als bei Männern. Da griff sie bisher jedes Mal daneben.

Sie sah in ihr fensterloses Badezimmer. Waldgrüne Fliesen, die eine geballte Ladung Sechziger-Jahre-Flair verströmten.

Jetzt, wo sie mit der Hoffnung auf eine Veränderung ihres Lebens ausgestattet war, nahm sie das alles sehr viel genauer wahr. Ihre Einstellung zu diesem etwas heruntergekommenen Mietshaus hatte sich geändert – seitdem sie den Prospekt mit den Wohnungen betrachtet und wiederholt durchgelesen hatte.

Eine Eigentumswohnung hatte er versprochen. Die rothaarige Frau war Zeugin. Warum soll ich nicht an der Küste wohnen? Wo Feriengäste sind, wird auch viel geputzt. Da bekomme ich ganz bestimmt Arbeit. Ich muss Ferdinand fragen, wann ich einziehen kann. Wegen der Kündigung. Zum Notar muss er mit mir, die Räume überschreiben oder wie das geht. Er wird's wissen. Und dann brauche ich ihn nicht mehr. Ist besser, sonst werde ich ständig an diese Geschichte erinnert. Hab's gut hingekriegt, lobte sich Nola, nur – nie wieder werde ich mich zu so etwas überreden lassen. Ein Baby entführen!

Sie rülpste zufrieden, nachdem sie beim Denken drei dick bestrichene Brote mit Leberwurst und Harzer Roller verschlungen hatte.

Von alleine wäre ich nie auf so eine absurde Idee gekommen, gestand sie sich ein. Und dann dämmerte ihr, dass sie nun kriminell war, sie eine Straftat begangen hatte – zwar im Auftrag, aber immerhin – und vielleicht längst schon gesucht wurde.

Aber es kannte sie auf Spiekeroog niemand. Nicht richtig. Auf seine Anweisung hin hatte sie im Hotel einen anderen Namen angegeben. Eigentlich war das heikel gewesen. Aber sie hatte ihren Personalausweis nicht vorlegen müssen. Wer dachte bei einer Frau wie ihr schon daran, dass sie unter falschem Namen absteigen würde?

Die Gedanken stürzten sich auf Nola. Schrien ihr zu, dass nichts gutzumachen war. Ein Baby zu entführen. Zu täuschen und zu lügen, alles wegen Geld, wegen einer Eigentumswohnung. Und alles, weil sie so gierig war.

Ihr wurde übel. Sie rannte zu den waldgrünen Fliesen. Als es ihr besser ging, nahm sie sich vor, die Arbeit erst dann wieder aufzunehmen, wenn die Überschreibung der Wohnung erledigt war.

Schon morgen werde ich ihn daran erinnern. Man darf nichts aufschieben. Nachher vergisst er sein Versprechen.

***

Um fünfzehn Uhr zehn bekam Jörgensen einen Anruf. »Ich versuche seit gestern, die Künstlerin Lili Stern in ihrer Ferienwohnung zu erreichen. Sie tritt doch im Kino auf. Die Vermieterin sagte, sie sei verschwunden. Mehr wisse sie auch nicht. Deshalb rufe ich bei Ihnen an. Können Sie mir was dazu sagen?«, fragte eine dunkle, raue Stimme. Jörgensen überlegte, ob es eine Frau oder ein Mann war.

»Wer spricht denn da?«

»Entschuldigen Sie. Gerald Hochstätter von der Münsterschen Zeitung. Ich möchte ein Telefon-Interview mit Frau Stern machen. So war es verabredet.«

»Tut mir leid. Momentan kann und darf ich Ihnen keine Auskunft geben.«

»Prima. Dann ist etwas passiert! Erzählen Sie mir die Geschichte trotzdem. Wir können auch per Mail einander kontaktieren, Herr Jörgensen. Ich weiß, dass Frau Stern ein paar Jahre in Münster lebte. Und wenn einer Künstlerin wir ihr etwas passiert ist, würde sich unsere Zeitung freuen, ein Exklusivinterview von Ihnen, dem begabten Kommissar, zu bekommen. Wie wollen wir es handhaben?«

»Schmierfink«, antwortete Jörgensen und legte auf. »Idiot«, schimpfte er. »So einer hat mir gerade noch gefehlt. Bloß jetzt keine Presse, dann habe ich sie alle hier.« Er suchte im Internet die Nummer der Zeitung heraus, ließ sich mit der Lokalredaktion verbinden und fragte nach Herrn Hochstätter. »Wir haben keinen Mitarbeiter mit diesem Namen.«

Wehe, wenn der noch mal anruft! Er wählte Nathans Nummer. »Nele bleibt erst einmal zu Hause, bei Sonja«, erklärte Nathan. »Warum wurde sie entführt? Was steckt denn bloß dahinter?«

»Deshalb musst du kommen. Wir müssen reden. Hier! Alles häuft sich an. Außerdem waren eben die Freundinnen der Clownsfrau hier. Ich habe ihnen noch nicht gesagt, dass die nicht mehr lebt. Dieser Dr. Storm hat sich gemeldet. Wegen der Toten. Ja, sie ist zur Obduktion freigegeben. Morgen. Ging ungewöhnlich schnell. Die Mutter, die alte Frau Stern, ist auf Neuseeland und nicht zu erreichen. Andere Verwandte gibt es wohl nicht. Habe ich bei den Aurichern auf dem kurzen Dienstweg abgefragt. Meinst du, nach der Obduktion sind wir klüger? Die Stern wurde nicht ermordet! Nie! So etwas passiert auf meiner Insel nicht. Es wurde doch nichts Auffälliges festgestellt. Von einem Giftverdacht sprach der Arzt jedenfalls nicht.«

»Blah blah. Gift kann immer noch nachgewiesen werden. Meine Güte, bist du unbedarft. Der Arzt ist sich nicht hundertpro sicher, hast du selbst gehört. Du weißt doch, wie viele Tote in ihren Gräbern liegen, die einem unaufgedeckten Mord zum Opfer fielen. Niemand kommt überhaupt auf die Idee, dass es so sein könnte. Denk an überforderte Ärzte, die den Angehörigen sagen ›War wohl ein Infarkt …‹ – Außerdem hat Dr. Storm entschieden. Was mich wundert. Er meckert zu gern über die Kosten. Aber irgendwie scheint eine Frau, die als Clown gearbeitet hat, seine Neugier geweckt zu haben. Wasch dir die Hände, putz dir die Zähne, kämm dich …«

»Spinnst du?«, fragte Jörgensen.

»Wenn Storm dich angerufen hat, kannst du davon ausgehen, dass er nachher auf der Schwelle steht, oder er zitiert dich nach Aurich.«

»Dir geht's wohl wieder zu gut, Nathan. Hör auf mit dem Quatsch. Ich kenn den doch gar nicht.«

»Deshalb ja.«

»Mach zu und nimm die nächste Fähre. Dann können wir besser reden.«

»Du willst nur nicht mit Storm allein sein, wenn er kommt.«

***

»Weg, sie ist einfach weg!«, klagte Mia. Ihre Augen waren rot umrandet.

»Ich habe eben noch überlegt, ob sie vielleicht im Meer gebadet hat«, sagte Katinka. »Aber dafür ist es doch zu kalt? Und warum sollte sie auch. Und jetzt will uns der Inselpolizist noch weiter befragen? Hast du kapiert, dass der uns verdächtigt? Uns!«

»Wie war die Welt noch bis zum Mittwochmorgen in Ordnung …«

»Glaubt der Herr Jörgensen wirklich, dass wir was mit Neles Entführung zu tun haben? Womöglich auch mit Lilis Verschwinden? Der hat sie doch nicht mehr alle«, schimpfte Katinka.

»Ich könnte jetzt eine Zigarette gebrauchen.«

»Hast doch nie geraucht. Meinst du, davon käme Lili um die Ecke gerannt? Wo hat sich ihre Spur verloren?«, fragte Katinka. »Wann haben wir sie zum letzten Mal gesehen? Überhaupt, im Dorf vibriert es – die Leute wirken aufgebracht, alle reden miteinander …«

»Schon klar. Wegen Nele.«

***

Jörgensens weitere Fragen gefielen Mia nicht und Katinka fand sie unverschämt. Nach dem Aufnehmen ihrer Namen und Adressen, die Frau Pommerenke eingab, schaltete er sein Aufnahmegerät ein, wich den Fragen nach Lili aus und stocherte dafür in ihrem Leben. Dafür guckten die beiden ihn an, als wollten sie ihm den Hals umdrehen.

Endlos waren seine Fragen. Nachdem er davon überzeugt war, dass Mia und Katinka keine Kinderwünsche hegten und auch psychisch gefestigt wirkten, holte er aus: »Frau Stern mag Kinder, nicht wahr?« Er sagte nicht ›mochte‹, das behielt er immer noch für sich.

»Sie hätte gern eins gehabt. Aber es hat wohl nie geklappt, ich meine, verheiratet war sie ja nicht«, begann Mia zögernd.

»Seit wann muss man deswegen verheiratet sein?! Mia! Du bist doch sonst nicht von Anno Dingens!« Katinka wandte sich an Jörgensen. »Darf man sich keine Kinder mehr wünschen, nur weil ein Säugling entführt wurde? Sie sagen doch selbst, Nele geht es gut. Auch, wenn Sie uns nicht verraten wollen, wo und wie sie gefunden wurde. Ja, unsere Freundin hätte gern ein Kind gehabt. Wir trafen vor einigen Tagen Ihren Kollegen mit dem Baby. Lili nahm Nele auf den Arm. Ganz selig war ihr Ausdruck, so sehnsüchtig … Später sagte sie, sie habe sich so gefreut darüber, dass sie sogar den Wagen die Straße entlang schieben konnte. Sie sagte auch, ›Für einen Augenblick habe ich mich wie eine Mutter gefühlt.'«

»Wie lange kennen Sie Frau Stern eigentlich schon?

Glauben Sie, dass Freundinnen selbst ihre geheimen Wünsche voreinander ausbreiten? Hat nicht jeder seine Leichen im Keller?«

»Watt für 'ne Frechheit«, erregte sich Katinka. »Da krisset annen Kopp. Leichen im Keller!«

»Sehen Sie, jetzt regen Sie sich auf. Hab ich ins Schwarze getroffen?«

»So können Sie nicht mit uns umgehen«, schimpfte Mia. »Sie behandeln uns wie Kriminelle.«

»Moment!«, rief Katinka und sprang auf. »Jetzt weiß ich, warum Sie nicht auf Lilis Verschwinden reagieren. Sie haben unsere Freundin festgenommen, weil Sie denken, sie habe Nele ... So was Irrwitziges. Nie. Gibt es hier überhaupt Zellen?« Sie sah sich um. »Und Sie wollen uns Dinge entlocken, die Sie so ganz zu ihrer Zufriedenheit drehen und wenden können? So nicht!« Katinka schlug mit der Faust auf Jörgensens Schreibtisch. »So nicht. Lassen Sie sie sofort frei. Einfach jemanden festsetzen und uns aushorchen ... Pfui Deibel, wollen Sie mit solch eigenwilligen Methoden befördert werden?«

»Ruhe, bin ich im Hühnerstall?«

Mia verlor die Nerven. Sie begann zu weinen und suchte nach einem Taschentuch. Katinka reichte ihr mit grimmiger Miene Tempos.

Ich muss ihnen Frau Sterns Ableben mitteilen, sonst drehen die Weiber durch, überlegte er. »Beruhigen Sie sich. Ich koche uns Tee, dann reden wir weiter. Bleiben Sie sitzen, bin gleich wieder da.« Er eilte in die Küche und begann zu hantieren.

Während das Wasser kochte, hörte er ein Handy piepen. Katinka sprach.

Jörgensen öffnete die Tür bis zum Anschlag.

»Ich habe jetzt keine Zeit dafür«, sagte Katinka. »Dreißigtausend? Herr … – wie war Ihr Name? Lachnit? Ich lache nicht. Glauben Sie, ich schleppe so viel Geld mit mir rum? Nur noch eine Wohnung? Ich lasse mir das Angebot durch den Kopf gehen, geben Sie mir Ihre Mobilnummer. Sie wollen zurückrufen? Auch gut. Morgen muss ich mich entscheiden? Herr Lachnit, ich kann doch nicht eine Wohnung anzahlen, die ich nie gesehen habe. So blöd bin ich nicht – ich überweise doch nicht einfach …«

***

Jörgensen kam mit dem Tee. »Ich habe mitgehört, die Tür stand offen. Geht es um diese Wohnungen von *Immobilienglück*?«

»Der Geschäftsführer war dran, ein Herr Lachnit. Ich finde das Ganze inzwischen eher unangenehm. Ich soll dreißigtausend anzahlen. Es gäbe nur noch eine Wohnung. Der Mann drängt – nein, so nicht. Nicht mit mir. Ich finde auch ohne diesen Heini was.«

»Bei der Gemeinde haben sich inzwischen Interessenten und Käufer nach der Firma erkundigt«, sagte Jörgensen. »Zahlen Sie bloß nichts an. Ich weiß inzwischen, dass weder bei uns noch in Neuharlingersiel durch diese Firma gebaut oder modernisiert wird. Die Sache klingt, gelinde ausgedrückt, arg dubios.«

Spiekeroog

22. September 2011

27.

Mia sagte: »Ich geh jetzt.«

»Wir sind gleich fertig. Und ich sage Ihnen, wann Sie gehen können.«

»Ich … wir – wir haben niemandem etwas getan. Wir führen ein ganz stinknormales Leben. Frau Koselowsky und ich möchten auf die Insel oder an die Küste ziehen, wir arbeiten, haben unsere Auftritte, haben einen Namen. Weder hat eine von uns etwas mit der Entführung des Töwer-Kindes zu tun noch mit Lilis Verschwinden. In obskure Liebesgeschichten sind wir auch nicht verstrickt. So, das haben Sie nun alles auf Band. Nun ist es auch gut. Komm, Katinka. Lili ist wahrscheinlich längst quietschmunter in ihrer Wohnung und hat was Spannendes zu berichten.«

»Es tut mir leid, aber es gibt noch ein paar ungeklärte Fragen, Frau Lehmann.«

»Nein!«, sagte Mia, »gibt es nicht.« Sie stand auf. »Mir reicht's jetzt.«

Katinka bedeutete ihr, sich wieder zu setzen. Jörgensen goss Tee nach. Ich muss es ihnen jetzt sagen. Der Verdacht gegen die beiden lässt sich nicht erhärten. Finde ich. Und solange Nathan nicht zurück ist, muss ich entscheiden.

»Haben Sie eine Frau gesehen, die Ihnen aufgefallen ist? Eine mit Kinderwagen? Nehmen Sie sich Zeit. Überlegen Sie bitte. Ich bin auf Ihre Mitarbeit angewiesen. Ich muss mal eben telefonieren …«

Jörgensen besprach sich mit Nathan. Was noch nie während ihrer bisherigen Zusammenarbeit geschehen war – er gab zu, überfordert zu sein. »Plötzlich haben wir mehrere Fälle. Vielleicht sogar einen Mord. Das wird kompliziert. Und die Immobilienfirma muss auch dringend überprüft werden. Hoffentlich erscheint dieser Storm nicht. Hier gerät alles durcheinander!«

***

»Uns ist niemand aufgefallen«, sagten beide übereinstimmend. Katinka hatte die rosa gewandete Frau neben dem verblüffend attraktiven Mann im *Inselcafé* längst vergessen – es war nicht wichtig gewesen.

Ihre Gedanken kreisten um Lili.

Mia ging es genauso. Eigentlich waren alle Geschehnisse ausgeblendet, es war ihr, als hätte es selbst die beiden Vorstellungen nie gegeben, höchstens in einem anderen Leben. Und dieser Dicke, der Katinka so hofiert hatte, war eine unwichtige Begegnung gewesen.

Inzwischen saßen sie fast schon zwei Stunden im Polizeibüro. Sie saßen hier, als gäbe es nichts anderes, als kämen sie nie mehr aus diesem Gebäude heraus, als würden sie nie mehr ihre Freundin wiedersehen. Die Sekretärin, die Frau Pommerenke, hustete. Sie zuckten zusammen, deren Anwesenheit hatte sie beide vergessen.

»Frau Lehmann, Frau Koselowsky, ich muss Ihnen etwas Wichtiges und Trauriges mitteilen.« Jörgensen würgte die Worte hervor. »Es besteht der Verdacht, dass Ihre Freundin an Neles Entführung beteiligt war oder sie sogar allein ausgeführt hat. Ich habe Sie beide so intensiv befragt, weil ich Frau Stern nicht mehr vernehmen kann.«

»Warum denn nicht?«, fragte Mia erstaunt.

In diesem Moment schellte es.

Frau Pommerenke ging zur Haustür.

Sie kam mit einem Mann herein.

Ulf Jörgensen guckte erstaunt.

»Polizeioberkommissar Jörgensen? Wir hatten noch nicht das Vergnügen, gelle? Dr. Storm aus Aurich. Haben Sie ein Besprechungszimmer, in dem wir unter vier Augen sprechen können?« Der Staatsanwalt nickte den anderen zu.

»Das geht jetzt nicht.« Jörgensens Blicke und Bewegungen wurden hektisch. »In der Küche, da, bitte, die Küche!«

»Warum können Sie Lili nicht fragen? Was geht hier eigentlich vor?«, ging Mia dazwischen. »Sie können doch nicht ewig rumtelefonieren, sich Besuch bestellen und wir sitzen wie die Deppen da! Hier stimmt doch was nicht!«

»Kommen Sie heute Abend noch mal vorbei. Ich werde lange im Büro sein!« Er sah sie flehend an.

Storm zog seinen Mantel aus. »Wo kann ich den …?« Suchend blickte er sich um.

»In der Küche.« Jörgensen nahm ihm seinen Mantel

ab. Storm war ein bulliger, untersetzter Mann und nicht größer als einsfünfundsechzig. »Kommen Sie …« Hinter geschlossener Tür erklärte Jörgensen, wer die Frauen waren. »Die wissen noch nicht, dass Frau Stern tot ist.«

»Warum nicht?«, fragte Dr. Storm.

»Weil ich nur so erfahre, ob die Frauen mit der Entführung zu tun haben.«

»Haben sie?«

»Ich glaube … Nein, es gibt keine Anhaltspunkte, die dafür sprechen«, sagte Jörgensen. »Nicht mehr.«

»Haben Sie was zu trinken da?«

»Möchten Sie ein Bier?«

»Bier! Hören Sie, ich will doch nicht aus dem Mund stinken. Abends trinke ich eher einen guten Wein. Haben wir schon Abend? Nein, gelle? Und jetzt klären Sie die Frauen auf.«

***

Jörgensen kam zurück. Mia stand auf.

»Sie können uns nicht länger festhalten oder wie Sie das hier nennen«, sagte Katinka.

»Es fällt mir sehr schwer, Ihnen mitteilen zu müssen …« Hier stockte er und fuhr dann fort: »… dass Frau Stern gestern Abend im Wittmunder Kreiskrankenhaus verstorben ist. Sie ist am Nordstrand vor dem Kinderwagen mit der schreienden Nele zusammengebrochen. Die Todesursache ist noch ungeklärt. Deshalb hat Dr. Storm, den Sie ja gerade kennengelernt haben, für morgen eine Obduktion angeordnet. Eine von Ihnen muss die Tote identifizieren. Verwandte außer der Mutter gibt es wohl nicht. Die Mutter ist für einige Monate in Neuseeland. Wir konnten sie nicht erreichen. Ich habe für morgen früh das Schnellboot bestellt.«

Nach schockstarrer Stille, während seine Worte wie Gift einsickerten, sich ausbreiteten, flüsterte Katinka: »Das glaube ich nicht.«

»Doch«, sagte Mia, und legte die Hand auf die ihrer Freundin, »doch. Sie war da, diese Ahnung … Wenn die Mutter nicht zu finden ist, müssen wir dann Lili begraben?«

»Sie sagten eben ›ungeklärt‹? Was heißt das, Herr Jörgensen?«, fragte Katinka mit zittriger Stimme.

»Wir wissen noch nicht, woran sie wirklich gestorben ist.«

»Sie denken doch wohl nicht an einen Mord?«

»Für diese Hypothese ist es noch zu früh«, sagte Dr. Storm, der wieder hereingekommen war. »Wir klären das ab. Und ich fahre mit zur Identifizierung.«

»Kann ich jetzt gehen?«, fragte Frau Pommerenke dazwischen. »Ich muss noch einkaufen.«

»Lili. Arme Lili.« Mia zitterte.

Jörgensen ging zum Wandschrank, holte daraus eine Flasche Schnaps, griff zwei Gläser, schenkte ein und reichte sie den Frauen. »Trinken Sie!«

Der Küstenbrand war scharf. »Noch einen, bitte!«, sagte Katinka. Tränen standen ihr in den Augen.

Jörgensen schenkte nach und fragte Mia: »Auch noch einen Schluck?«

Sie schüttelte den Kopf und sah Dr. Storm an. »Was

vermuten Sie denn bei einer unklaren Todesursache? Hat der Arzt keine genaue Diagnose stellen können?«

»Das wird die Obduktion ergeben. Wenn Ihnen noch etwas – egal was – einfällt, sagen Sie es mir.«

Katinka sagte, als sie ihm die Hand reichte: »Unfassbar, welche Hirngespinste Sie pflegen.«

***

»Das haben Sie ganz ordentlich hinbekommen.« Jovial tätschelte Storm Jörgensens Schulter. »Halten Sie sich allen anderen gegenüber noch bedeckt. Keine übereifrigen Infos! Auch nicht der Presse gegenüber. Vielleicht starb die Stern doch eines natürlichen Todes. Warum war das Kind bei ihr?« Er räusperte sich. »Sie werden es herausfinden. Sehen Sie zu, dass die Haustür geschlossen bleibt, nachher kommt wieder was weg.« Er lächelte dünn. »War ein Witzchen. Mit dem Kollegen Töwer hab ich gesprochen. Leider hat er sich wie ein Anfänger benommen, keine Spuren gesichert und alles angefasst. Ich kann das nicht unter den Tisch kehren, auch wenn ich für seine Situation Verständnis aufbringe. Aber als Kriminalbeamter darf ihm so etwas nicht passieren. Das gibt eine Dienstaufsichtsbeschwerde. So. Und ab morgen geht es zackig weiter, gelle?«

Jörgensen sprang auf. »Augenblick!« Er guckte, suchte in der Küche, schaute in den Papierkorb, öffnete den Kühlschrank, nahm alle Lebensmittel raus, rannte in den Flur und griff in seine Jackentasche. »Ich hab's«, rief er triumphierend und kam mit einer orangefarbenen

Dose, auf der das Etikett: *Sanddorn – Kräuterbonbon ohne Zucker* – klebte.

»Ich mag keine Bonbons«, sagte der Staatsanwalt. »Ich geh gleich gut essen.«

»Ach, Unsinn«, erwiderte Jörgensen mit scharfem Ton. »Geben Sie mir was Flaches – einen Deckel oder festes Papier!«

»Warum?«

»Sonst kann ich Ihnen etwas sehr Wichtiges nicht zeigen.«

»Was soll das sein?«

»Nun machen Sie schon«, herrschte Jörgensen Dr. Storm an.

Verblüfft suchte dieser in der Küche und kann mit einem Bierdeckel, der auf der Fensterbank gelegen hatte. »Geht das?«

Jörgensen nickte und nahm den Deckel von der Dose.

»Und?«, fragte Storm.

»Hier! Das sind Bienen! Legen Sie schnell den Bierdeckel wieder drüber. Sonst fliegen sie weg. Haben wir nicht einen Glasuntersatz? Dann können Sie sie besser sehen.«

»Was wollen Sie mit Bienen? Verstehe ich nicht.«

Jörgensen hob den Bierdeckel an, guckte, griff nach dem Deckel und verschloss die Bonbondose wieder. »Ist so sicherer. Diese halbtoten Bienen können etwas mit dem Tod von Frau Stern zu tun haben. Können, sage ich. Gucken Sie mich nicht an, als wäre ich gestört. Als Herr Töwer seine Tochter aus dem Kinderwagen nahm, legte er das Kissen zur Seite und rannte rüber zum Hubschrauber. Ich kam dazu und entdeckte die Insekten auf dem Kissen. Dachte, wie kommen die da hin, erinnerte mich an meine Sanddornbonbons, kippte die aus und schob die Bienen in die Dose und packte sie in meine Jackentasche. Bis eben habe ich nicht mehr dran gedacht.«

»Was haben die Tierchen mit Frau Stern zu tun? Sie glauben, die Tiere wurden bewusst dort platziert?«

»Genau.« Jörgensen hob den Deckel an. Die Bienen verhielten sich ruhig.

»Machen Sie die Deckel fest drauf. Ich will nicht gestochen werden. Also, dahinter steckt doch eine Geschichte ... Erzählen Sie. Wir haben Zeit.«

Und ich Hunger, dachte Jörgensen.

Als er seinen Bericht beendetet hatte, meinte Storm, dass Jörgensens Gedanken so falsch nicht seien, und lud ihn zum Essen in den *Blanken Hans* ein.

Münster – Aurich

23. September 2011

27.

Früh, noch vor sieben Uhr, rief Nola ihren Chef an und teilte ihm mit, dass sie für den Rest der Woche zu Hause zu bleiben würde.

Ferdinand Protzow reagierte ungehalten. »Du hast keinen Urlaub mehr. Wer soll denn eindecken, sauber machen, ich etwa?«

»Ja. Du! Ich muss diese Geschichte erst einmal verarbeiten. Die setzt mir zu. Verstehste nicht? Und ich komme erst wieder, wenn die Angelegenheit mit der Wohnung geklärt ist. Verstehste jetzt? Mach einen Termin mit deinem Anwalt. Alles, was für eine Überschreibung notwendig ist. Ich möchte so schnell wie möglich einziehen. Klar?«

»Dafür weckst du mich auf?«

Sie hörte sein Gähnen. Sogar das Knacken der Kiefer.

»Entweder du erscheinst heute am Arbeitsplatz oder du bist gefeuert.«

»Quatsch. Auch ein Protzow muss Kündigungszeiten gegenüber seinen Angestellten einhalten. Nie davon gehört? Mach hinne mit der Überschreibung. Ich muss bis zum Monatsende kündigen. Ich will raus aus meiner Bude.«

»Die Wohnungen sind noch nicht fertig.«

»Aha. Wann sind sie beziehbar?«

»Komm her und dann erkläre ich dir alles.«

»Erst den Termin.« Nola legte auf. »So nicht, mein Lieber. Hinhalten willste mich, mir womöglich Überstunden aufdrücken. Ich hab dich in der Hand, vergiss das nicht«, schimpfte sie. »Komm mir nicht mit leeren Versprechungen, du Arschzitterer, was war ich blöd, das unschuldige Kindchen zu entführen. Jetzt bin ich kriminell geworden, nur wegen dir. O Gott, was mach ich bloß?« Sie sackte schwer in ihren Lieblingssessel und schlug die Hände vor das Gesicht.

Schnell raffte sie sich wieder auf. Legte den Hörer des Telefons zur Seite und stellte das Handy ab.

Sie duschte, wusch ihre Haare, föhnte sie sorgfältig, schminkte sich, was sie eigentlich nur am Wochenende tat. Beim Kaffee und einem Apfel – sie merkte nicht, dass sie keinen Hunger wie sonst hatte – schaute sie sich zum x-ten Mal den Prospekt an. Unterstrich mit einem Kugelschreiber die Telefonnummer, überlegte sorgfältig die Fragen, die sie stellen wollte, und wählte. »Kein Anschluss unter dieser Nummer!«

Aha. Kein Anschluss. Mist, dass ich kein Internet habe.

Über die Telefonauskunft erhielt sie die Telefonnummer der Neuharlingersieler Gemeindeverwaltung. Eine Frau Höger meldete sich und dieser erklärte Nola, dass sie in dem Nordseebad eine Wohnung über die Firma *Immobilienglück* kaufen wolle. »Leider kann ich niemanden dort erreichen. Können Sie mir weiterhelfen?«

»Ich stell Sie durch«, sagte Frau Höger.

»Werner Stücken. Was kann ich für Sie tun?«

Nola fragte erneut.

»Sie wollen sich um einen Bauplatz bewerben?«

»Nein. Ich will eine Wohnung kaufen, die *Immobilienglück* in Ihrer Gemeinde baut.«

»Wohnen und arbeiten Sie in Neuharlingersiel?«

»Noch nicht.«

»Also, Sie sind nicht an der Grundstücksvergabe unserer Gemeinde interessiert?«

Nola wurde ungeduldig. Und versuchte, dem Mann am anderen Ende klarzumachen, dass sie eine der Wohnungen der Firma *Immobilienglück* haben wollte. »Verstehen Sie jetzt?«

»Die Gemeinde vergibt auch Grundstücke«, erklärte Werner Stücken. »Sie können sich anmelden. Auch online. Aber es ist schon interessant, dass Sie sich nach dieser Firma erkundigen. Wir hatten deshalb schon ein paar Nachfragen. Tatsächlich scheint die Nummer abgemeldet zu sein. Jedenfalls kann ich Ihnen definitiv mitteilen, dass die Firma weder Grundstücke bei uns erworben hat noch baut oder eine Immobilie saniert.«

Nola knallte den Hörer auf. »Ich dusselige Kuh«, kreischte sie. »Der Ferdi hat mich mit der dämlichen Kabache reingelegt. Die gibt's natürlich nicht. Dem Kerl dreh ich die Klöten ab. Tut er immer so mucker, weil er 'ne Kaschemme hat und 'n bissken Kotenmoos … Das gibt Ärger, aber wie! Dem tret ich auf die Mauken, bis er quietscht.« Sie griff nach zwei Vasen, die ihr im Wege standen, warf sie gegen die Zimmertür und guckte grimmig auf die herumspringenden Scherben. »Protzow, du hast wohl 'n Heiermann verschluckt.«

***

Müde, weil sie kaum geschlafen hatten, standen Mia und Katinka neben dem Staatsanwalt und warteten auf das Schnellboot. Während der kurzen Überfahrt sprachen sie nicht, Storm ließ sie in Ruhe und formulierte vorab die Sätze für zwei Zeitungsinterviews. Entführte und wiedergefundene Babys erzeugten Medieninteresse und irgendwer hatte in der Auricher Dienststelle nach dem Täter gefragt. Das musste vorsichtig, aber mit klaren Worten umgangen werden. Er wusste es doch selbst noch nicht!

***

Das Institut befand sich in einem Krankenhaus. Zu dritt gingen sie stumm durch die Flure, bis sie nach der Anmeldung das Institut für Pathologie betraten. Ein widerlich süßlicher Geruch hing in der Luft. Es schien, als würden die Wände Krankheit und Tod ausschwitzen. Mit jedem Schritt, den sie näherkamen, wurde der Geruch intensiver und vermischte sich mit den Ausdünstungen von Desinfektionsmitteln.

Eine schlanke, große Frau mit halblangen grauen Haaren begrüßte sie. »Wiebke Heimler. Ich bin die Pathologin. Sie möchten den Neuzugang identifizieren? Kommen Sie, mit der Obduktion sind wir schon durch.« Sie wandte sich an Dr. Storm. »Obduktionen kommen in unserem Institut ja eher selten vor. Wir haben aber den Gerichtsmediziner Pary hinzuziehen können. Er kommt gleich.«

Zögernd näherten sich Mia und Katinka dem Metalltisch. Dr. Heimler schlug das Tuch, das die Leiche bedeckte, zurück. Sie blickten in ein wächsernes Gesicht. Die Augen waren geschlossen und die roten Haare streng nach hinten gekämmt.

»Das ist Lili«, sagte Mia.

»Darf ich sie anfassen?«, fragte Katinka.

Dr. Heimler nickte.

Katinka streichelte Lilis Wange. »Was ist denn bloß geschehen? Lili, Lili …« Und plötzlich, sie konnte nichts dazu, geriet ihr Berta, das Seidenhuhn, ins Gedächtnis. Sie glaubte, es neben der Toten zu sehen. Ein schreckliches Lachen wallte in ihr auf, sie konnte es nicht unterdrücken. Es war so peinlich. Katinka rannte hinaus.

Mia hinterher. »Wie kannst du nur …«

Katinkas Lachen wurde zu einem Schluchzen.

»Warten Sie im Foyer auf mich«, sagte Storm, der ebenfalls hinterhergekommen war.

»Wir warten lieber draußen.«

Die Luft war frisch. Die Frauen umarmten sich, als könne sie diese Geste trösten.

»Müssen wir warten?«, fragte Mia.

»Vielleicht weiß Storm mehr über Lilis Sterben.«

Vor dem Krankenhaus befand sich ein Parkplatz. Mia verzog das Gesicht, als habe sie große Schmerzen. Sie sah die Freundin an und wusste, dass es ihr ebenso ging. Ihre Blicke waren auf die ankommenden und abfahrenden Autos gerichtet. Etwas später murmelte Mia geistesabwesend: »Der Staatsanwalt wird uns zum Hafen bringen.«

»Ich mag keine Krankenhäuser«, erwiderte Katinka.

***

Gerichtsmediziner Dr. Pary begrüßte den Staatsanwalt. »Ich habe wenig Zeit. Aber diese Frau«, er blickte auf ausgedruckte Papiere, »die Frau Stern, Lili, hübscher Name, starb an einer übergroßen Erschöpfung. Sie muss unglaublich unter Stress gestanden haben. Keine Drogen und auch Alkoholprobleme hat sie nicht gehabt. Es haben sich auch keine Spermaspuren gefunden. Diese Art von Gewalt konnte ich ausschließen. Aber – interessant ist die Speichelprobe. Da findet sich neben Frau Sterns DNA eine zweite. Die muss abgeglichen werden. Also, sie starb, wie es der Kollege schon zu Recht vermutet hatte, an einer positionalen Asphyxia.«

»Aha, aha.« Storm tat, als wüsste er, was das bedeutete.

»Und jetzt schauen Sie mal, was ich im Magen fand.« Dr. Pary griff nach einer abgedeckten Petrischale und zeigte sie Storm.

»Was ist darin?«

Pary lächelte. »Sehen Sie genauer hin!«

»Eine Raupe?«

»Ich merke schon, Ratespiele gefallen Ihnen nicht besonders. Hier handelt es sich um ein aufgeblühtes Weidenkätzchen. Eine Sorte aus Japan mit dem hübschen Namen Sanguisorba obtusa. Aber: Warum sollte

Frau Stern so etwas runterschlucken?«, fragte Pary. »Und: Wo findet man diese Staude? Sie ist ja recht speziell. Zerkaut ist das Weidenkätzchen nicht. Die Tote scheint an dem Tag nichts außer Kaffee und der Sanguisorba obtusa zu sich genommen zu haben.«

»Ob Frau Stern Hunger hatte?«

»Unsinn, Herr Storm. Also, wirklich! Bei Hunger hätte Frau Stern ins Dorf gehen können. Sie befand sich doch nicht in der Wüste, wo man glücklich ist, ein Blatt kauen zu können. Eine Sanguisorba obtusa bedeutet etwas. Unterschätzen Sie nicht das Unscheinbare! Die Tote hat viel zu erzählen. Warum und wovor hatte sie solche Angst? Weiß die Spiekerooger Polizei mehr? Sie sagten doch, dass Frau Stern einen Tag vor ihrem Tod auf der Wache war.«

»Klar. Und da entführte sie das Baby.«

»Es gibt keine Hinweise auf fremde Fasern, wie durch Babykleidung, Decke, so etwas.«

»Und die zweite DNA? Kann doch vom Säugling stammen?«, trumpfte Storm auf.

Spiekeroog

23. September 2011

28.

Nathan traf Inselbewohner, die nach Nele fragten und sich freuten, dass es ihr gut ging. Jeden hatte er prüfend angeschaut und sich gefragt, ob einer von ihnen seine Tochter entführt hatte.

Er sah das Backsteingebäude mit den Blumenkästen vor den Fenstern, das blau-weiße Emailleschild *Polizei*, die Bank und die Fahrräder, und glaubte für einen langen Augenblick, monatelang fort gewesen zu sein. So stürmisch hatte ihn Jörgensen noch nie begrüßt, der ihn umarmte und verlegen nuschelte: »Ich mach dir erstmal einen Tee!«

»Besser ist Kaffee. Alles ist gut. Erst einmal.«

»Du sollst den Staatsanwalt zurückrufen. Und der Obduktionsbericht kommt morgen.«

»Was will Storm?«, fragte Nathan und fuhr seinen PC hoch.

»Weiß ich nicht. Er war in Eile. Der Mann ist aber nicht so schlimm, wie ich dachte.«

Nathan lächelte. Seine Schmerzen im Bein waren weniger geworden, zumindest seit gestern.

Er rief Storm an. Es wurde ein ausführliches Gespräch. »Kann das eine Spur sein?«, fragte Nathan.

»Ein Weidenkätzchen? Wie heißt die Sorte? Ich rufe nachher zurück. Irgendwas dämmert mir. Geben Sie mir ein bisschen Zeit …«

Er erzählte Jörgensen von dem Weidenkätzchen. »Bis der Kaffee durch ist, geh ich mal ums Haus, vielleicht finde ich so etwas.«

Am Tranpad fand er nichts, ging weiter zum Friederikenweg, und erinnerte sich dabei an den besonders schönen Garten der Familie Matthey. Klingelte und fragte. Frau Matthey sagte: »Ich glaube, ich hab Ihnen mal davon erzählt.« Sie lachte fröhlich. »Kommen Sie.« In einer geschützten Ecke ihres Gartens, zwischen Gräsern und Sträuchern, blühte eine Pflanze hellrosa. »Sehen Sie, das ist eine Art der Weidenkätzchen. Meine Sanguisorba obtusa beginnt erst im August zu blühen.«

»Wie heißt die?«

»Sie können auch Japanischer Wiesenknopf dazu sagen. Behält man leichter. Ich liebe diese Stauden. Wissen Sie, der japanische Wiesenknopf gehört mit zu den auffälligsten Vertretern seiner Art. Die obtusa – schauen Sie – hat fast sechs Zentimeter lange, rosa Blüten, die wie Weidenkätzchen aussehen.«

»Warum blüht die Pflanze noch?«

»Dieser Wiesenknopf beginnt erst spät mit der Blüte. Auf Spiekeroog im September«, klärte ihn Frau Matthey auf.

»Ich darf?«, fragte Nathan und knipste mehrere Weidenkätzchen ab.

***

»Blumen?«, fragte Jörgensen erstaunt. Neugierig beobachtete er Nathan, der sich eins der Kätzchen in den Mund steckte.

»Etwas bitter. Essen muss ich die nicht. Weißt du, wie die heißen? Weißt du nicht. Das sind Sanguisorba obtusa, also, das ist der japanische Wiesenknopf. Und genau so ein Weidenkätzchen von genau dieser Sorte fand man in Lili Sterns Magen.«

***

Harry Lachnit fühlte sich wohl. In dem alten, etwas versteckt liegenden Haus am Starnberger See hatte er sich einquartiert, war mit einem Mietwagen von München aus gekommen. Alle Orte, die mehr als dreihundert Kilometer von ihm entfernt lagen, waren weit weg, so weit wie der Mond. Die Nordsee, die Insel, die Küste existierten nicht mehr für ihn. Genauso wenig wie sein Teilhaber. Er hatte beschlossen, sich von ihm zu trennen. Auch wenn dieser noch nichts davon ahnte.

In München hatte Lachnit sein Konto geräumt.

»Wirklich in bar?«, hatte der Bankberater ihn noch erstaunt gefragt.

»Herr Möbius, Sie wissen doch, wenn man eine Frau erobern will, muss man manchmal tief in die Tasche greifen.«

Herr Möbius nickte, als würde er das verstehen, und überreichte ihm 405 000 Euro in einer Ledertasche.

Man kannte ihn seit dem Frühjahr, führte hier ein Konto auf den Namen Harry Lachnit. Erst bei der Anmeldung in dem alten Haus, das Ferienwohnungen anbot, trug er sich als Harry Tintelnot ein. Sein teures Jackett, seine teuren Schuhe, seine teuren Taschen überzeugten. Und seine Stimme und das gediegene Auftreten.

Er fühlte sich so wohl, dass er sich ein neues Spiel ausdachte. Er wollte seine neue Firma *Consulting Tintelnot* nennen. Er war davon überzeugt, kleinere Unternehmen in dem Bereich Marketing gut beraten zu können.

Er kicherte wohlgefällig. Geld übte einen Zauber auf ihn aus wie nichts anderes.

***

»Was wird aus Lilis Sachen?«, fragte Mia. Katinka meinte, das habe noch ein paar Tage Zeit.

Sie saßen in Mias Ferienwohnung, standen immer wieder auf, mussten sich bewegen, um nichts näher an sich herankommen zu lassen. Noch brauchten sie Abstand. Noch kippte das Wissen von einer Wahrheit zur nächsten, stapelte sich, ohne zu verraten, was wirklich geschehen war. Hastig überlegten sie alles Mögliche, bis sie sich fragten, was wird mit der Aufführung am Samstag? »Absagen? Ja, wir sagen ab«, entschied Mia.

»Machen wir nicht. Wir geben eine Abschiedsvorstellung für Lili. Das sind wir ihr schuldig.«

Katinka holte die Aufzeichnungen hervor. Jene über Lilis Leben, die sie ihr nicht mehr schenken konnten. »Geben wir das der Polizei?«

»Warum? Die werden sich nur ein falsches Bild von ihr machen. Lili hat uns aus ihrem Leben erzählt. Ihre

Erinnerungen sind längst schon andere geworden, weil du sie aufgeschrieben hast. Was ist schon wahr? Die Polizei würde sich daraus etwas nehmen, was sie gerade dringend benötigen. Konstruieren würden sie und dennoch, nichts steht darin, was die Entführung klären und Lilis Tod aufdecken könnte, wenn ihr Sterben ein Gewaltsames war. Es gibt so viele Möglichkeiten, jemanden zu töten. Wir behalten Lilis Geschichte für uns – zur Erinnerung. Sollen die Herren selbst überlegen. Ich glaube nicht, dass Lilis Mutter daran interessiert ist. Neuseeland. Und die Frau ist nicht zu erreichen.«

***

Auf halber Strecke zwischen Hafen und Polizeiwache ging sie immer langsamer. Die Wut hatte sie hergetrieben, eine heiße Wut, nachdem sie in der Neuharlingersieler Gemeindeverwaltung noch einmal nachgefragt hatte. Nola überlegte, nach dem Gespräch auf der Wache auch zum Chefredakteur des *Spiekerooger Inselboten* zu gehen. Oder doch vorher? Lieber gleich zu einer großen überregionalen Zeitung?

Wenn ihr wüsstet – beschauliche grüne Insel, ach du je.

Sie kehrte in der *Spiekerooger Teestube* ein, um Zeit zu gewinnen. Ein Zimmer für eine Nacht hatte sie von Münster aus gebucht. Sie fand einen ›Logenplatz‹, konnte alle, die vorbeiflanierten, beobachten, konnte sich nicht konzentrieren und versuchte, ihre Pläne noch einmal zu überprüfen.

***

»Recht aufschlussreich, danke für die Info«, sagte Nathan und legte auf. »Hör mal«, wandte er sich an Jörgensen, »bei Frau Stern wurde ja eine fremde DNA gefunden, im Gesicht und im Mund. Nur ist niemand mit dieser DNA im System erfasst. Neles Spuren sind es nicht. Komisch. Frau Stern muss doch meine Tochter angefasst und auf den Arm genommen haben. Gibt's doch nicht.«

»Wenn wir das nicht rauskriegen, müssen wir die Fälle mit den Kollegen teilen. Und das gefällt mir nicht«, sagte Jörgensen. »Wir haben den Stress und die anderen suhlen sich später im fetten Lob, weil sie aufgeklärt haben. Nein, das machen wir selber.«

»Wir arbeiten durch«, sagt Nathan. »Jeder von uns macht zwischendurch eine Pause, isst was, rennt um den Block, damit das Gehirn wieder funzt, und dann geht's weiter. Häng bitte alles an die Wand, was wir an Fotos und Mails und anderen Erkenntnissen haben. Notfalls müssen Frau Sterns Freundinnen noch mal kommen. Egal, um welche Uhrzeit.«

Nathan ging das Weidenkätzchen nicht aus dem Kopf. Was hat das mit Nele zu tun? Warum war Lili Stern so erschöpft gewesen? Wer war hinter ihr her?

Jörgensen war unterwegs, zum Lebensmittelladen.

Es klingelte.

Es klingelte ein zweites Mal. Nathan ging zur Tür, öffnete, wollte gerade fragen, hast du deinen Schlüssel vergessen?, als er eine kleine blonde Frau in einem grell pinkfarbenen Anorak vor sich sah.

»Ja?«

»Nollmann aus Münster. Ich habe Ihnen Ungewöhnliches mitzuteilen.«

»In welcher Angelegenheit?«

»Also, welche denn wohl! Die Sache mit der Entführung, herrje ...«

Eine Zeugin?, überlegte er.

Er bat Nola herein, nahm ihre Personalien auf, und ließ sich den Personalausweis zeigen. »Erzählen Sie.«

»Ich will nachher auch die Presse informieren. Es geht um Ihr Kind. Und um diesen Scheißkerl.«

Sofort griff er nach seinem Diktaphon und stellte es an. »Damit sind Sie einverstanden?«

Nola nickte. Sie öffnete ihren Anorak, zog ihn aus und hängte ihn über die Stuhllehne. Nathan stieg ein leichter, blumiger Duft in die Nase. Erstaunt nahm er ihn wahr und erinnerte sich, ihn schon einmal gerochen zu haben. Nathan beugte sich vor, um diesen Duft neu zu speichern. Die Frau soll erzählen. Er spürte mehr als dass er es wusste: die war wichtig. Als Zeugin, als ... Nein, ermahnte er sich, als Täterin nicht, dass wäre nun zu schön gedacht.

»Also, Ihr Baby ... Nein, ich muss anders anfangen. Das krautet mir's Hirn zu, hab ich eine Wut! Ich arbeite, oder genauer gesagt, ich arbeitete im *Münsteraner Hof*, natürlich in Münster, ist ja klar.« Sie kicherte andeutungsweise. »Das Restaurant gehört Ferdinand Protzow. Bis vor wenigen Jahren war der Ferdi mit Lili Stern liiert. Sie ließ ihn sitzen, und das hatte er auch verdient. Jedenfalls wurde er jedes Mal wahnsinnig wütend, wenn er über einen Auftritt von Lili hörte oder las. Hab's ja manches Mal mitgekriegt. Ferdi, der Protzow, der tut ja immer so mucker und denkt, Frauen wären nur Schlörs. Dabei ist er nur eifersüchtig.«

»Reden Sie bitte hochdeutsch mit mir«, bat Nathan.

Nola seufzte. »Also, der Herr Protzow tut immer so schlau, verstehn Sie? Und denkt, alle Frauen wären Schlampen. Verstehn Sie auch?«

Er lächelte sie an. Nathan wollte die Frau nicht verärgern. Schließlich wollte er wissen, was sie mitzuteilen hatte.

Nola lächelte zurück, ganz kurz, und schaute Nathan aufmerksam an. Sein Haar war kurz und eisgrau. Was ihm gut stand. Sogar die Erschöpfungsfalten um Nase und Mund. »Der Ferdi sieht attraktiv aus, ich meine, Sie auch, aber anders, Ferdi, der füllt ein Zimmer, wenn er drinnen ist. Und diese Augen ... Hatte ja auch mal kurz was mit ihm. Das gehört vielleicht jetzt nicht hierher, aber Herr Kommissar, der Mann hat in der Liebe, sagen wir mal, recht stürmische Methoden. Da kann ich mir gut vorstellen, dass er auch Lili den Arsch und das Gesicht grün und blau geschlagen hat. Bei so was überkommt es ihn und dann wird er ein ganz anderer. Unheimlich und grausam, sag ich Ihnen. Geschlagen, ja, das hat er mich auch – aber nur einmal. Ich hab daraus gelernt. Darauf stehe ich nicht. Ob die Lili ...? Null Ahnung. Haben Sie das aufgenommen?«, fragte Nola Nathan.

»Weiter«, sagte er.

»Trotzdem – Ferdi hat eine sehr sinnliche Ausstrahlung. Er kann sympathisch und charmant sein, kann einen einwickeln, und im nächsten Moment wird er eiskalt. Dann hat er so was Lauerndes im Blick. Jedenfalls hat er mir verraten, er wolle sich an Lili rächen und lachte dabei, wenn er drüber sprach, unangenehm komisch. Ja, und in der letzten Woche fragte er, ob ich ihm für gutes Geld einen Gefallen täte. Warum nicht, sagte ich, Geld brauche ich immer.«

Jörgensen kam rein, rief: »Abendbrot«, guckte, sah Nathan fragend an, der verstohlen den Finger auf seinen Mund legte. Eine Minute später setzte er sich mit einem Fischbrötchen dazu.

»Ich also ab Montag auf die Insel, ist ja ganz hübsch hier. Mit einem Kinderwagen. Das war Ferdis Bedingung. Ja, der Kerl war schon seit Samstag hier. Also – ich mit einem Kinderwagen gen Spiekeroog. Ich sollte auch so tun, als läge ein Baby darin. Dachte, wer guckt schon rein ... Hab's Handtuch ein bisschen umgefummelt, und eine Mütze drüber gezogen. Ja, wenn jemand gefragt hätte, da ist ja kein Baby drin – nun ja, manche lieben kleine Verrücktheiten. Und verboten ist so was ja nicht.« Sie lachte hart. »Es fragte aber keiner. Umso besser. Auf Ferdis Wunsch musste ich ewig lange um die Polizeiwache schleichen. Ich beobachtete auch, wie Lili mit einer anderen Frau ins Haus ging. Und genau da musste ich auch reinkommen. Ferdi, der hielt sich ganz in der Nähe auf. Ich hatte Glück. Die Haustür wurde nicht geschlossen. Ich also auf Zehenspitzen rein, vorher hatte Ferdi durchs Fenster gesehen, sah, in welchem Zimmer Ihre Kleine lag. Ja, von Ihnen hat mich keiner gesehen, obwohl ich fast einen Herzpieps vor Aufregung gekriegt habe. Ich mit der Kleinen in ihrem Kinderwagen vorsichtig wieder raus. Hab die Haustür brav angelehnt. Ferdi tat ganz väterlich, gab mir eine Decke, die kam über den blauen Kinderwagen. Wir beide setzten schwarze Strickmützen auf und konnten irgendein Elternpaar sein. Und dann ab, über'n Tranpad. Da ist ein bisschen Wald. Dort hatte Ferdi den anderen Wagen, den ich aus Münster mitgebracht hatte, geparkt und wir tauschten aus. Ferdi hat an alles gedacht. Aus meinem Wagen nahm er einen Klappspaten, den hatte er dort schon deponiert. Er grub, schob den blauen Wagen in die kleine Kuhle, und legte Grünzeug drüber. Selbst daran hatte er gedacht. Dann verabschiedete er sich. ›Ich muss Lili einfangen und ihr mein ganz besonderes Geschenk geben‹, so drückte er sich aus. Ich fragte: ›Und wenn du sie nicht triffst?‹ ›Dann machen wir morgen weiter. Ich finde sie, ich finde jede Frau, die mir gehört und bestraft werden muss‹, ja, das hat er auch gesagt. Wir verabredeten eine SMS, damit ich wusste, dass er Lili hat und ich mit Ihrer Nele zum vereinbarten Treffpunkt kommen soll. Die SMS kam. Vorher hab ich dem Baby noch ein Fläschchen mit Tee gegeben, und Beruhigungstropfen reingetan. Aber weniger, als Ferdi von mir verlangt hatte. Sagen Sie mal, haben Sie was zu trinken? Von meinem Gerede krieg ich einen trockenen Hals.«

Jörgensen holte Mineralwasser. »Bitte.«

»Nele schlief. Das ist ja eine Süße.«

Nathan unterdrückte eine zornige Reaktion.

»Also, ich hab ihr nix getan. Wirklich nicht. Und dann

erreichte ich die Stelle da am … – hab vergessen, wie die heißt, so gut kenne ich mich hier nicht aus, also da am Strand und nirgends waren Leute zu sehen. Außer den beiden … Ich sah, wie Ferdi Lili an den Haaren riss und sie dann mit so einem Drehgriff am Arm festhielt … Die konnte sich nicht losmachen. Irgendwie vielleicht schon, aber ich sah, dass sie Angst hatte. Dann ist man wie ein gelähmtes Kaninchen. Ich jedenfalls. Hab mir das Ganze angeguckt, kam mit dem Kinderwagen näher, stand da und wusste nicht, was ich zu tun hatte.

Dann ahnte ich, was er plante. Ferdi hatte mir erzählt, dass Lili eine panische Furcht vor Bienen hat. ›Die stirbt vor Angst, wenn die blöde Kuh eine Biene sieht. Kannste bei zugucken‹. Als Ferdi Bienen aus einem Glas unter Neles Decke kippte, glaubte ich schon, Lili träfe der Schlag. Er hatte sie sogar dazu gebracht, die Augen zuzumachen. Können Sie das verstehen? Dann faselte er dauernd was von einem Geschenk. Ich hab neugierig weiter geguckt – da zwingt er Lili, den Mund weit aufzumachen. Wahrscheinlich hat er ihr ein Bonbon reingestopft oder so.

Mein Auftrag war erledigt, Lili sollte das Kind haben – er war ja davon überzeugt, es sei das von Ihnen und ihr. So hatte er es jedenfalls ausgedrückt. Ganz genau kann ich mich auch nicht erinnern. Ist ja so viel passiert. Ich wollte meine Belohnung, also das Geld. Ferdi drückte mir einen Prospekt in die Hand und versprach: ›Ich schenke dir eine Wohnung‹. Ich also ab, versteckte mich für einen Moment … Na ja, dann bin ich abgezwitschert.«

»Den Prospekt haben Sie dabei?«, fragte Jörgensen.

Nola zog ihn aus ihrer Umhängetasche.

»Aha. Firma *Immobilienglück*«, sagte Jörgensen.

Nola trank das Wasser aus.

»Bin gleich wieder da«, sagte Nathan. In der Küche sah er sich die Weidenkätzchen noch einmal an.

»Hat Herr Protzow etwas über Blumen gesagt?«, rief er.

»Nein. Nicht, dass ich wüsste. Blumen? Nein. Ich bin dann auch gegangen. Der Ferdi ist so ein Arsch«, schimpfte Nola. »Eigentumswohnung! Inzwischen weiß ich ja, dass er gelogen hat. Mich verscheißern wollte. Jedenfalls weiß ich, dass Ferdi zusammen mit einem Harry Lachnit diese Firma *Immobilienglück* macht. Ich habe mich genauestens bei der Neuharlingersieler Gemeinde erkundigt.« Wieder kramte sie in ihrer Tasche. »Hier, für Sie. Damit Sie die beiden finden! Wissen Sie, die haben gar keine Wohnungen, die gibt's überhaupt nicht!«

Verblüfft nahm Nathan ihr ein Foto aus der Hand.

»Sie wissen, dass Sie sich wegen Kindesentführung strafbar gemacht haben?«, fragte er.

Nola nickte.

***

Als das Telefon ging, sah Nathan auf dem Display, dass Storm in der Leitung war. »Ich muss Sie von dem Fall der Kindesentführung abziehen. Sie sind befangen. Kollege Jörgensen bearbeitet ab sofort den Fall mit drei anderen Kollegen.«

»Aber – wir sind doch kurz vor der Aufklärung.« Nathan ging mit dem Telefon einen anderen Raum. Er berichtete, was er durch Nola Nollmann wusste. »Die Fälle hängen zusammen. Wenn wir bis morgen Nachmittag nichts Weiteres vorweisen können … Gut, natürlich arbeiten wir mit den Kollegen, Herr Staatsanwalt …«

***

»Wann wollen Sie abreisen?«

»Morgen.«

»In welchem Haus sind Sie untergebracht?«

Nola nannte den Namen.

»Sagen Sie ab. Sie bleiben hier.«

»Wie?«

»Sie bleiben vorübergehend in unserer Arrestzelle. Auf jeden Fall bis morgen. Wir klären in der Zwischenzeit alles mit den Wittmunder Kollegen ab.«

»Dürfen Sie das überhaupt?«

Spiekeroog – Münster

23. September 2011

29.

»Den Protzow müssen wir festnehmen«, sagte Jörgensen. »Und Frau Nollmanns Geständnis überprüfen.«

»Macht der zuständige Richter«, sagte Nathan. »Den Haftbefehl durch ihn haben wir schon. Bis morgen können wir die Nollmann noch festhalten. Storm ist informiert, ich habe mit ihm die erkennungsdienstliche Behandlung bei der Frau durchgesprochen. Ihr Motiv ist deutlich: Beichtet die Entführung, nennt den, der dahintersteckt und gibt uns Hinweise auf Lili Stern – die will sich an Protzow rächen, weil die Wohnung ein Windei ist. Die will aus der Sache noch so einigermaßen rauskommen. Geständnisse machen sich gut, deshalb erhofft sie sich ein geringes Strafmaß … Wir lassen sie die Aussage aufschreiben, sie unterschreibt uns jedes Blatt – dann vergleichen wir unsere Tonbandaufnahme und bringen sie morgen zurück an Land. Wenn beide Aussagen übereinstimmen, wird es sicher weitere Beweise geben. Hat sie gelogen, werden wir Widersprüche im Bandprotokoll und in ihren Aufzeichnungen finden. Dumm, dass unsere Hauptzeugin, die Lili, tot ist. Den Protzow müssen die Kollegen vor Ort abholen.«

***

Nathan bat die Münsteraner um Amtshilfe. Die versprachen, sofort den Erlass eines Haftbefehls zu erwirken und die Untersuchungshaft zu beantragen. »Wir fahren gleich zum *Münsteraner Hof* und nehmen dort den Protzow fest.«

***

Jörgensen brachte Nola Brote und Tee in die Arrestzelle sowie Papier und Kugelschreiber.

***

Zwei Stunden später kam der Rückruf aus Münster. »Wir haben ihn«, erklärte Kommissarin Düsterloh. »Gelacht hat er, sagte, dass er Frau Stern auf Spiekeroog getroffen habe. Sagte, ›Sie können mir nichts nachweisen.‹ Als wir ihm mitteilten, dass er ihren Tod billigend in Kauf genommen hat, und er des Weiteren wegen Kindesentführung und Betruges beschuldigt wird, lachte er immer noch. Ich habe ihm den Paragrafen 211 um die Ohren gehauen: ›Zum Mord gehört keinesfalls Gewaltanwendung. Wer den Tod billigend in Kauf nimmt, ist auch Mörder, wenn die übrigen Mordmerkmale vorliegen.‹ Herr Protzow, habe ich dann gesagt, das nennt man einen bedingten Vorsatz. Da guckte er dumm. Er sitzt jetzt erst mal in der JVA Münster im D-Flügel ein. Da befindet sich unsere Untersuchungshaftabteilung.«

Nathan sagte der eifrigen Kommissarin nicht, dass sie ja noch zur Erhärtung des dringenden Tatverdachts auf das Ergebnis des DNA-Abgleichs warteten.

***

Es war spät geworden. Nathan ging nach draußen. Trotz der Dunkelheit machte er sich auf den Weg zu jener Stelle, an der er seine Tochter wiedergefunden hatte. Und Lili. Er wollte den Weg seines Kindes nachspüren, die Heimtücke des Ferdinand Protzow wahrnehmen und Lilis Angst fühlen. Denn diese Empfindungen existierten nicht nur im Erzählten, im Vermuteten, im amtlichen Protokoll, es gab sie wirklich.

Er hatte das Gefühl, sie alle gleichzeitig zu spüren, Nele, Protzow und Lili. Mehr und mehr kam er Lilis Angst näher, erinnerte sich dabei an die eigene, die er vor Jahren gehabt hatte. Sein inneres Archiv steuerte dazu alles Mögliche bei, er sortierte, sortierte ein und aus, hoffte, dass Nele nicht von bösartigen Gedanken infiziert worden war. Was er fühlte, war Angst, die Gier nach Macht, Unterwerfung und Rache.

Endlich wusste er, welche Rolle die Weidenkätzchenart aus dem Garten der Frau Matthey gespielt hatte. Ferdinand Protzow hatte sich genau umgesehen und kannte sich gut aus …

Er folgte seinem Schatten auf dem Weg ins Dorf. Die kühle Luft erfrischte, alle Müdigkeit war fort. Vögel flogen über ihn, sie schienen ihn zu begleiten. Mit tiefer Sehnsucht dachte er an Nele und an Sonja, die um diese Uhrzeit sicher schliefen.

Bald schon würde er nicht mehr auf Spiekeroog sein, im Frühjahr sollte er nach Aurich zurück. Seine Vorgesetzten hatten ihm eine Stelle im Innendienst vorgeschlagen. Weil er seit seinem schweren Unfall immer noch zu wenig Kondition besaß und die Kopfschmerzen ihn an manchen Tagen nicht arbeiten ließen. Aber er wollte weder den Posteingang bearbeiten noch sonstige Büro- oder Verwaltungstätigkeiten übernehmen. Die Zeit mit Ulf Jörgensen hatte ihm gefallen und gefiel ihm immer noch.

Als er in ›sein‹ Polizeibüro ging, begann es zu regnen. Wind kam auf.

Er fand Jörgensen schlafend am Schreibtisch vor. Seit gestern hatten sie durchgearbeitet.

Leise betrat Nathan die Küche, und knipste ein Kätzchen des japanischen Wiesenknopfes ab. Konzentrierte sich. Dachte an Lili. Er legte sich ein Sanguisorba obtusa hinten auf die Zunge. Fühlte mit dem Gaumen danach. Ja. Wenn man davon überzeugt war, dass es eine Biene war, dann war es eine. Wenn jemand irrwitzige Angst davor hatte, fühlte sich das harmlose Weidenkätzchen pelzig, haarig und äußerst gefährlich an.

Er schluckte das Kätzchen herunter und stellte sich vor, es sei eine Biene. Der Gedanke daran war ungemütlich.

Ferdinand Protzow musste Lilis Phobie sehr gut gekannt haben. Welch für ein heimtückischer Mord. Den hatte er sorgfältig vorbereitet.

Frau Nollmann hat die Wahrheit gesagt. Ich habe sie an ihrem blumigen Duft erkannt. So roch es in unserem polizeilichen ›Kinderzimmer‹. Morgen geht die Fahndung nach Harry Lachnit raus.

***

Ferdinand Protzows DNA wurde mit der bei Lili Stern gefundenen abgeglichen. Sie befand sich auch auf dem Japanischen Wiesenknopf, den der Gerichtsmediziner Dr. Pary bei der Obduktion sichergestellt hatte. Überrascht war keiner mehr.

Protzows Untersuchungshaft wurde verlängert. Storm war der Ansicht, dass bei ihm Verdunklungsgefahr bestand. Denn er wusste noch nicht, dass Nola ausgesagt hatte.

***

Während empörte Anleger die Firma *Immobilienglück* anzeigten, wurde in Tutzing am Starnberger See die Leiche eines Mannes aus dem Wasser gezogen. Es handelte sich um eine Person, die im Leben mit verschiedenen Personalausweisen unterschiedliche Identitäten vorgetäuscht hatte. Außerdem wurde eine hohe Summe Bargeld in seiner Ferienwohnung gefunden.

***

Nathan erreichte endlich Lilis Mutter – am anderen Ende der Welt. Sie befand sich an den Huka Falls und wollte weiter nach Taupo. Der Tod ihrer Tochter traf sie schon, aber die Frau schien so viele Kilometer weit von Deutschland entfernt zu sein, dass sie das Ausmaß der Tragödie nicht erfasste. Weinend bat sie um Mias Handynummer. »Frau Lehmann habe ich mal kennengelernt.«

Sie rief Mia an. Es wurde ein langes Gespräch. Sie sagte: »Ich kann nicht zurückfliegen, ich will hier noch ein Jahr lang bleiben. Lili hätte das verstanden, auch wenn Sie es nicht können.« Mit einer Seebestattung war sie einverstanden. »Es wäre Lilis Wunsch gewesen. Sie hat es mir so mal gesagt.«

Mia und Katinka setzten sich mit einer Reederei in Verbindung, die Seebestattungen in der Nordsee ausrichtete. Auf dem Schiff waren auch Nathan Töwer und Ulf Jörgensen. Zum Abschied gaben die Freundinnen eine kleine Vorstellung aus dem Programm der *Witwenlust*. Dann streuten sie Lilis Asche ins stürmische Meer.

***

Inzwischen wurde Anklage gegen Ferdinand Protzow und Nola Nollmann erhoben. In der Presse kursierten Schlagzeilen wie *Der Angst-Mörder von Spiekeroog*.

Nathan und Jörgensen freuten sich, dass sie die Fälle ohne Hilfe von außen gelöst hatten. Dr. Storm behielt seine Kritik an dem sturen Vorgehen der beiden für sich. Allerdings wissen sie immer noch nicht, wer die Mülleimer angesteckt hat. Sie arbeiten daran.

***

Inzwischen ist es April geworden. Seit gut sechs Wochen wohnen Mia und Katinka in Neuharlingersiel. Die Gemeindeverwaltung wollte den Ärger um die Luftnummer von *Immobilienglück* glätten und bot den Frauen ein Häuschen zur Miete an. Möglich, dass sie es später kaufen können.

***

Im Herbst sind sie wieder auf Tournee mit einem neuen Programm und werden ihre erste Vorstellung in Neuharlingersiel geben. Leute, die in ihren Garten schauen, freuen sich über die Seidenhühner darinnen. Das Krähen des weißen Hahns mit den schwarzen Flecken im Gefieder stört niemanden. Zwischen den weißen rennt ein rotes. Seine Farbe erinnert an Lilis leuchtend rostrotes Haar.

Monika Detering arbeitete als Puppenkünstlerin mit Ausstellungen im In-und Ausland wie Washington, Philadelphia und New York – und auf einigen Nordseeinseln. Sie war als freie Journalistin tätig. Heute schreibt und veröffentlicht sie Romane und Krimis (Print und E-Books). In etlichen Anthologien ist sie mit Beiträgen vertreten. Neben Soloprojekten veröffentlicht Detering gemeinsam mit dem Autor Horst-Dieter Radke Romane und Krimis. Ein weiterer Roman im Team mit der Autorin Silke Porath erscheint im Sommer 2013.

Im Leda-Verlag erschien 2012 ihr Inselkrimi *Langeooger Liebestöter.*

Sie ist Mitglied bei den *Mörderischen Schwestern* und den *42erAutoren*.

Monika Detering
Langeooger Liebestöter
Inselkrimi
978-3-86412-002-2

Peter Gerdes
Der Fluch der goldenen Möwe
Inselkrimi –Langeoog
978-3-986412-013-8

Ulrike Barow
Baltrumer Bescherung
Inselkrimi
978-3-86412-014-5

Klaus Nührig
Das Haus an der Paulikirche
Kriminalroman
978-3-86412-017-6

Thomas Breuer
Leander und die Stille der Koje
Inselkrimi
978-3-939689-82-9

Jeske/Hauck (Hrsg.)
Mutters Mordkompott
Kriminelles zwischen Pampers und Prosecco
978-3-86412-018-3

Regine Kölpin
Muschelgrab
Inselkrimi
Wangerooge
978-3-939689-59-1

Sandra Lüpkes
Die Sanddornkönigin
Der Brombeerpirat
2 Inselkrimis – Juist, Norderney
978-3-939689-06-5

Ulrike Barow
Baltrumer
Bitter
Inselkrimi
978-3-86412-000-5

Barbara Wendellen
Tod an der
Blauen Balje
Inselkrimi
978-3-939689-78-2

Regula Venske
Juist married
oder Wohin mit der
Schwiegermutter?
Inselkrimi
978-934927-85-8

Ulrike Barow
Baltrumer
Dünengrab
Inselkrimi
978-3-939689-62-1

Peter Gerdes
Wut und Wellen
Inselkrimi – Langeoog
978-3-939689-34-8

Peter Gerdes
Sand und Asche
Inselkrimi– Langeoog
978-3-939689-15-7

Peter Gerdes
Solo für Sopran
Inselkrimi
Langeoog
978-3-939689-63-8

Tatjana Kruse
Wie klaut man eine Insel?
Inselkrimi – Borkum
978-3-934927-96-4

Tatjana Kruse
Pizza, Pasta, Sanddorngrog
Inselkrimi – Juist
978-3-86412-001-5

Regula Venske
Bankraub mit Möwenschiss
Inselkrimi – Juist
978-939689-18-8